Here's
the Better Life
for_us.

一起把那些
堪稱地獄的日子
撐下去，好嗎？

第一章

平凡日子的鹹性離子水

第二章

偏激厭世的礦泉水

第三章

傲嬌骨子的生理食鹽水

第四章

動人心弦的白開水

第一章

平凡日子的鹼性離子水

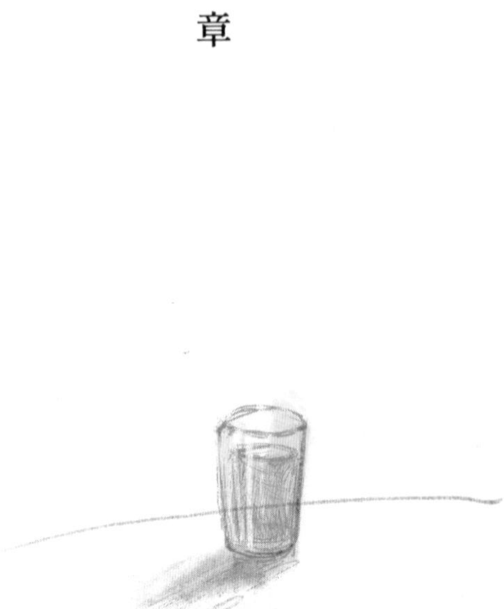

CHAPTER 1

浪花吐著泡泡在沙灘隙間追逐
太陽露出~~海面~~海平面
我以為溫柔會這~~樣~~樣
繼續~~生長~~生長

我忘記是跟誰說過這麼一句話：「我多麼懷念高中生活，就算重讀一次高中也願意。」如此眷戀過去的話語，在未來的日子裡不斷的被提起。等到眞正出席了高中同學會，才發現自己什麼都說不出口，不想談曾經瘋狂的瑣碎往事，卻也吐不出隻字片語來表達我的存在。

他們聊往事，我在一旁有一搭沒一搭的聽：說以前小高一怕被教官抓，都要偷偷翻牆出去，後來年級往上，人都油條了，大喇喇走校門出去，警衛也當沒一回事，習以爲常：「哎呀！年少輕狂。」；他們聊感情，八卦著誰與誰又分了手，誰成了誰的親密愛人，誰又跟誰跑了，大致上脫離不了調侃與戲謔，講點悲傷的失戀，還要放下衛生紙，逞強著沒事，彷彿大家看不出來他其實很難過：「哎呀！人事已非。」：他們聊近期生活，擁有遠大志向的人追逐夢想、想要停下來休息的人看看世界的可能性、願一生平順的人終究是循規蹈矩，腳踏實地，每個人都試著了解，生活不就是把自己從教室，放到一個更大的空間呼吸，只是方式不同：「哎呀！人各有志。」

同學會現場的聲音靜止了，每一個人的動作也都停止了。

腦海中畫面不停閃爍著，時間軸被拉開，一件件荒唐事歷歷在目，回憶完還會自嘲：「果眞是還沒長大的小孩。」高中時期的我，渴望被關注，確實也是個安全感缺乏的少年，會不斷在話題之間流竄，時時刻刻跟交集甚好的朋友說點心事，莫名的難過都會被努力擠出來。

而一旦呻吟久了，也覺得無趣。內容越來越空乏，像塊被擰乾的海綿，僅存的濕度來自包裝，其餘所剩無幾。我希望被關心，一句也好，結果得到了也滿足不了，貪婪移植在我身上，過度強迫自己認識世界，證明世界精彩無比，好似沒有人能成爲全世界。

呼吸的時間長了，日久見人心一句像抹布一樣，濕了又擰，乾了又濕，重複著讓你知道誰是眞正關心你的人。不過這好像也太過強求他人，畢竟安全感是黑洞，無止盡的需要成爲負擔，照顧好自己比得到任何人肯定來得更爲重要些。後來發現我在乎的，別人也就是聽聽，像是他們在乎的，我也聽聽。

我沒有跟誰有過革命情感，也沒有誰必須與我同年同月同日死，豁達過後的人是不是也都跟以前一樣呢？不對，應該先問，有誰豁達了呢？笑，哄堂大笑。

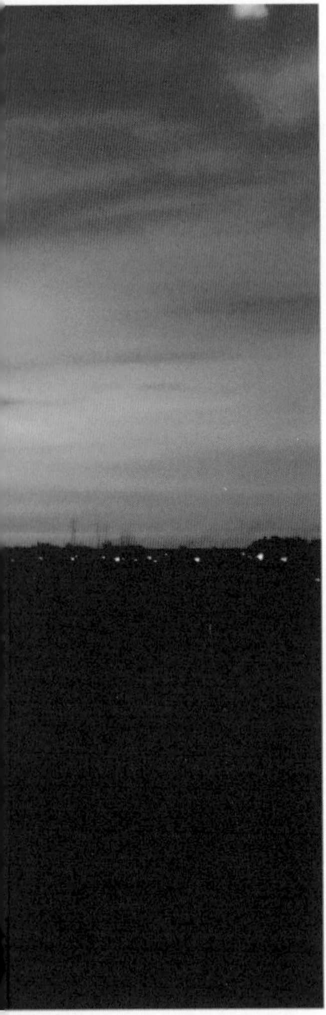

11

高中同學會

即使眼前的都是我的高中同學，曾經有過任何話題、曾經要好萬分、曾經總是陪著我的，如今都會一笑而過，笑著說曾經青春。價值觀的昇華有兩種，一種是眞切誠懇的，一種是強顏歡笑。我們都把一些昇華過後的重量級字句輕輕掛在嘴邊：「能看著大家都好好的，那就好了。」

後來，沉默成了最好的麻醉劑，大家都好好的，那就好了。

沉默成了最好的麻醉劑，
大家都好好的，那就好了。

高中同學會
2018.07.25

二訪明石大橋

九月了。

這幾個月，「後來」成爲了我的慣用詞，取代長久的「如果」。「後來」像是一種回頭一窺過去是用什麼樣的呼吸方式在生活。

也如此停滯了幾個月，似乎一點長進也沒有的「後來」，來頭看來煞有其事，卻空虛如也。可笑吧！

我去了許多以往去過的地方，依舊是新鮮的很，勾起不光是莞爾一笑，更多的是回憶，我在哪個地方、寫了哪些文字，儘管都微不足道，已然足矣。明石大橋跨著海，浪拍打、風吹拂，橋上車輛來往，轟隆著我踩著的步道，這些哪怕是無聊至極的小細節，我都得一一記著。

15

二訪明石大橋

忘形於世界，只期盼我不再挑起波瀾，期盼把海的味道與節奏當作是一種浪漫與逃避，好不好？

17

二訪明石大橋

把海的味道與節奏當作是
一種浪漫與逃避，
好不好？

二訪明石大橋
2018.09.02

二十四小時

坐在書桌前，敲打著鍵盤，不時打點盹，時間會看似虛度的，在生命中循環反覆。

倦怠於出門，覺得自己沒有辦法去承受外頭來來去去的流逝。

人生好像就是各式各樣的來來去去組成。點開社交軟體，每一個人都在看著每一個人的過去，倒數24小時的限期，把生活侷限成非當下不可，再來就是錯過與失去。

我不曉得那樣的觀察對其他人而言是什麼感覺。誰在高美溼地上踏下即將消逝的步伐？誰在清晨時分，逼迫自己要出門排隊喝牛肉湯？又是誰明明睏得要命，卻要在假日早起、盛裝打扮的享用早午餐？慢慢的都會成為過去，接下來就會不斷的在未來提取，說著自己的年少輕狂，總是如此。

花費心思點完——沒錯，就是點完，好像沒有辦法很認真的看完——那些充滿時刻性的紀錄，發覺我只剩下20小時，曾經以爲能快閃而過的速度感，仍舊是如此費時。

我練習把文寫長，而後逐字刪除、修改，甚至狠下心的刪掉檔案，不滿意自己的現狀。漸漸的停下寫文的習慣，我開始放空，即便想寫也深感懶惰，惰性能夠毀掉幾個過去的記憶，就像現在、就像我。

上次腦海裡頭飄出的意念是什麼？眼前僅存時限倒數的碼錶正在跳動，用力想要回想卻也無能爲力，懊悔自己當時沒有好好寫字，後來什麼都寫不出來。我告訴自己還活著，且擁有著強烈虛度光陰之感，剩餘時間15小時。

是我活得太慢，還是時間太快？翻著書也會睡著，泡進一個幻覺當道的世界，飄飄然的傾談自己的愚蠢，大肆檢討自己的不是，貶低自己的信念與增進入世的尷尬，越來越無法好好生活。我開始逃，逃到社交軟體上寫文，雜亂無章、語無倫次的，顯示自己的脆弱與無知；顛三倒四的，尚在沾沾自喜中回味過去，遠離外面世界，成爲最愛消逝的個體，又或者說正在消逝的自己。剩餘時間5小時。

還要睡覺嗎？我的來取決於睡與不睡，我的去亦然。點亮檯燈，打開電腦，播放音樂，寧靜的空氣也不因我而震動。凝視著空白頁，游標跟著倒數的時刻起舞，最後我決定寫文，眼皮沉重感跟著情緒波動，過於冷靜之於極端嚴肅，頃刻激動之於短暫瘋癲。

荒唐的結果，剩餘的時間也不多，粗略估計只剩30分鐘。

努力回顧24小時的區間，把未來當作是另外一個24小時的間隔，時間自由決定，在場觀看者不得插手，如同生命掌握在自己手裡，卻仍舊不是自己的。

永遠記得只有24小時，才懂得費盡心思愛著消逝，也才知道侷限自己的醜陋，成就世界的一點美。

剩餘時間：沒有。歡迎來到新的24小時。

永遠記得只有24小時
才懂得費盡心思愛著
消逝。

二十四小時
2018.12.07

踏實

「踏實一點好不好？」

我把腳步走得很輕，踩在你我的光影之間，無懈可擊的沉穩。

動身便成爲陰影，緩緩前進又靜靜成長。那些哪怕是追逐著我、永不離開的黑色，都將化作自己的極愛與極恨，只是我矛盾得不知所措，卻又拚命的往死亡奔去，掙扎的我與世界拔河，不對，只能與自己妥協，在解開枷鎖之後的另一種囚禁，一層、一層的，毫無止境。

但你說那些是無法改變的，那些是嚮往與理想中的遠距離憂傷，只好過得慢一點、比以前看得清楚前方的自己，是不是會踏實一些？

所以，踏實一點好不好？

「踏實一點好不好？」

踏實
2019.06.02

與我無關的日子

暑假這些日子，帶著電腦到處尋覓寫字，練習在大家認爲是文化之都的台南周遊：偶爾到美術館的長椅上坐著，聽那些可能是來看展、也可能是來打卡的腳步聲；有時到百貨公司看張貼在電扶梯旁，那琳琅滿目的信用卡優惠公告；又有幾日到某間連鎖咖啡廳的不同分店寫字，注視玻璃窗倒映的那些生活形狀，他們訴說著故事，從各處蜂擁而至。

戴著耳機卻不播放音樂，把自己的存在感放到最低，關掉自己既有的認知，想辦法認識這個世界的模樣。周圍所有的呢喃瀰漫著情緒，在光影靜謐的波長裡找到無可避免的喧囂、在卡片的間隙之中找到多少零頭的雀躍、在啜飲咖啡的苦澀之際找到齒間遺留的人間酸甜。

我把杯底僅存的一點冷萃咖啡吞下，明知道咖啡的苦仍要一遍又一遍的嚐，也知道日頭會從東到西循環反覆仍舊期盼夜晚長一些，看著那些使人憂鬱、煩躁的事情，還是忍不住再多試一口，接著淺談自己的世界觀：理解我還能吃苦。

好像在負面的過程裡，都只能看到負面的事情，卻又一再經歷。我不斷思索那些好似無法被解釋的苦難爲何循環，但從來都不需要解釋，只需要敞開心胸就夠了。在暑假進行長時間的光合作用，接觸陽光、空氣與水，看見是非、聽見誤會、觸摸失敗、嚐著苦辣酸甜，屬於世界的一環又彷彿無關，但內心清楚知道：我不是還能吃苦，也不是無傷，是學會如何面對世界，所以融爲一體的在風雨之下，活著。

「歡迎光臨，今天要喝什麼？」

櫃檯的服務人員好像是排練好的，一次又一次的在空氣中吞吐，手指敲打著點餐螢幕，一切如此自然，彷彿除了這個空間以外之處都與他無關，也無暇去顧及外面發生了什麼，那些真的都與他無關。

那些真的都與他無關。

與我無關的日子
2019.08.28

我想閉眼，與世界脫軌

上回朋友拿我的手機，發現Line通知數量高達999+，便質問我爲什麼都不回訊息。老實說，我也不知道爲什麼，就這麼順其自然的增長到這個數字。很多時候都是我一忙起來，完全忘記要回覆，甚至已讀、知道了那些訊息內容，卻忘記回，姑且就論它們爲壞習慣，不應該忽略的。

每天都在想，手機如何能承受這麼多訊息呢（加大空間就好了啊）？但我又不是手機，又怎麼能一次理解、處理所有事情？

有時候總是希望，能有自己的一段時間，跟世界脫軌該有多好？只需要閉起雙眼，什麼都不會再來打擾。待辦事項一件接著一件、通知一則接著一則，就算試圖讓自己靜音，世界也會以震動提醒著：「你的鬧鐘仍有精神的響著。」

我想閉眼，與世界脫軌。

我想閉眼，與世界脫軌

2019.04.10

希望

醒來，一如往常，眼睛微開的躺在床上，不想移動任何半寸，只想往被窩裡躲。鼻子敏銳的嗅到濕氣，濕答答的，啊——雨天。

幽暗的天色，嘴裡一邊碎念天色怎麼如此昏暗，看起來不像是早上十點，一邊從床上離開，準備打理我自己，對，打醒我自己、還有告訴自己今天要表現得禮貌得體。

此時此刻，腦海裡浮現的全是歐洲電影裡的某個角色，姑且給他個代稱M。M提著從超市採買的大包小包，踩著有跟的鞋，走進小公寓的鐵門，在忙亂之中收起滿覆雨水的傘，刷的一聲，濕漉漉的都落到地上，並迅速沿著樓梯向上，找到自己熟悉的房門，在大衣外套的左右口袋尋找鑰匙，俐落對準鎖孔、俐落開鎖。一切都如此日常，如此自然。

我打開書桌上的檯燈，好讓房間亮些，但也只點這盞燈，好讓我不那麼畏懼過於明亮的世界。往碗裡倒了一點麥片，麥片撞擊不鏽鋼杯的聲音，硬生生的穿插在雨滴落下的呢喃裡，我習慣把巧克力脆片與莓果燕麥片混在一起，霎時間，顏色感十足，有酸也有甜，同時我也希望我能是這樣又酸又甜的人。

M在脖子上繞了幾圈，順利把圍巾取下，掛在一旁的衣架上，緊接著把那些剛買回來的食物一一歸位，開冰箱門的聲音、開櫃子的聲音、紙袋的聲音、玻璃罐撞擊的聲音、還有M的呼吸聲。

「刷——」我加牛奶。我現在是個又酸、又甜、又有可愛奶香的人。

M終於打理好所有的事情，他從袋子裡面取出等等午餐要吃的長棍，還有一盒牛奶，M不習慣吃太多肉類，有時甚至不吃，就像現在。午餐被穩妥的擺放在窗邊的小餐桌上，M拿了個米白色的馬克杯，把牛奶加進去，若隱若現的，M說這就是他生存的方式。

我拿起湯匙，順著杯緣攪拌，讓牛奶與麥片融合得更妥貼，緩緩端著杯子，在租屋處的巧拼塊上坐了下來，好像只需要有位子可以坐，就心滿意足，我是如此容易讓自己得到慰藉。雨還是下著。

M把窗戶打開，木窗框的聲音格外迷人，儘管外頭只有滿滿的灰色。坐在米白色的木椅上、切開長棍、咬與咀嚼，過於單調的節奏，適合如此灰色的天氣，換氣時還稍微吐出一縷白色輕煙。

杯子空了，剩下牛奶的痕跡，在杯子內壁若隱若現，湯匙與不鏽鋼杯的組合，清脆響亮的碰撞敲開了濕氣，像是宣告時間就在這一刻開始行動，一天就這麼開始了。「呼！」我用力吐了一口氣，空氣好像又更濕了一些。

M消失了。

不知道M是個怎樣的人，但我希望我是個又酸、又甜、又可愛的人。

希望我是個又酸、又甜、又可愛的人。

希望

2019.12.29

花好月圓時

當我意識到國小同學結婚的時候，發現我自己好像也到了一個檻的門口，正準備要跨過去的時刻，一股強烈的責任感襲來，被迫要面對的階段。有時候覺得自己離這個檻好遠、好遠，宛如長不大的小孩，永遠停留在幼稚的狀態，卻又想鐵齒說著自己是成熟的。常對於時間感之薄弱，讓我無所適從，尚未整理好自己，就要死撐著上場。

「我上次在社群軟體上看到我同學的婚禮照片，時間過得好快啊——」

我大概都是這樣跟我同年紀的朋友分享著我對於時間的看法，好快啊。

「怎麼了嗎？你也想要結婚嗎？」他一臉不解的看著我，還很認眞的，看起來是想要幫我安排一段姻緣。

「沒有。我只是想表示原來我們也到了要接炸彈的年紀。」

「呃……」顯然他無法理解我的意思。

所謂的紅色炸彈，指的是結婚喜帖，當收到親友的喜帖，大概就知道荷包又要再扁一些。但有時我也在想，我是不是只要不斷把祝福送出去，就可以晚一點面對這件事情，把時間拖得慢一點。雖然說結婚早就不是現代人必做清單上的一項，但總會遇上各種壓力與期盼，在你沒有諸多考量與防備的時刻，那些充滿情緒的殷切，都讓人感到壓迫。

每天我都在想，如果今天我最要好的朋友也結婚了，我還要繼續僵持著嗎？還是也乾脆跳進婚姻的墳墓呢？但對於祝福自己，我比較擅於祝福他人，把一些關心與愛帶給他們，比較適合我。

扣除小時候跟著爸媽四處參加婚禮外，我自己參與過的婚禮次數不多，看著婚禮上主持人舌燦蓮花嘴角全是泡、新人們忙裡忙外還趕著進場、接吻、敬酒，長輩們有的笑有的笑不出來，而我時常只是坐在大圓桌上的一位期待快速上菜的未成熟小孩。沒錯，阿公說還沒有結婚都還是小孩。

「我們請這些好友來到台上。」你也知道，許多新人最喜歡點名自己的朋友，像算命一樣，在眾目睽睽下公布他的姻緣進度。

「請各位抽一支籤，抽到紅色代表即將有喜。」主持人語速清晰，抑揚頓挫，加上現場背景音樂輕快的節奏，讓婚禮看起來有聲有色。

「欸欸，你覺得誰會抽中？」我隔壁的隔壁很期待結果，只差沒有開盤要大家跟注。

「我覺得他們很可憐。」我說。不，我不敢說。

前幾次可能還沒什麼感覺，只是看多了也是會膩的，甚至對於這等事情感到無謂與同情。憑什麼你們這對新人要決定哪一位的婚姻命數？又憑什麼指使正在用餐的賓客上台，只為了配合著婚禮的流程。說來眞是怒氣直上心頭。

抽籤結束。接著換到女性友人，他們可得接住新人往背後亂丟的捧花，那才眞叫人爲難，不過我也挺意外的，這麼多場婚宴，沒有任何一場的捧花是沒人接住而落地的，大家倒是挺給面子。

但眞的做好心理準備了嗎？我無法確定。

我總說，我感官知覺的速度總比別人慢一些，可能神經稍長，傳遞所費時間較久。大智若愚大概是在形容我這等人吧！總是會在進入到某個階段後才恍然大悟，回頭一望，早就距離剛踏入的時間點十分遙遠。一直以來，總對於階段性任務感到難堪、折磨，甚至覺得自己還不到那樣的年紀，但現實總推著自己向前跑，也不得不拖著步伐、磨著腳皮也要達成目標。

「你想要幾歲的時候結婚啊？」正當我拾起公筷，對著眼前的炸湯圓擠眉弄眼的時候，坐在我隔壁的朋友邊看著台上那陣熱鬧邊問著我。

「花好月圓時。」我照著菜單上的黑字唸了出來。

花好月圓時
2020.041.10

「花好月圓時。」（炸湯圓）

我與藍色與藍色與藍色，還有

費了幾週的時間，不間斷的讓泰劇陪我，直到我泡進那些所謂的不合邏輯的劇情，才把所有生活的畫面都喚醒。但我喚醒的並不是那些不合邏輯，而是發現我還在這個世界上，做著與螢幕裡頭相同的事情。

歷歷在目的，不斷從螢幕裡撞見眞實世界裡的自己。我折起被子、曬起衣服、抖落那些覆蓋在枕頭上的頭髮，安安靜靜的，房間內視線所及都被服侍得妥妥貼貼。

半夜裡，我倚著床緣坐在不規則色塊拼湊成的巧拼上，房裡的亮光來自書桌上的檯燈，想著這個世界有一半是亮的、一半是暗的，就跟連續劇一樣，劇情要有高潮迭起，最開心的時光色調就亮、最難過的片段就讓它昏暗，我的臉、我的身體、我從我自己身上看見的、我從我身上看不見但卻存在的，都是這樣各半，我沒有討厭，反而覺得很美。

大家都說：「連續劇都是這樣演的」、「那只是連續劇，不要當眞」、「活在虛假的劇情裡是不會進步的」諸如此類，但這一切在我的生命裡，都那麼眞實。

我就像是個活在劇情裡的小丑，變成一個從來不認識的我，把想做的事情一次做得夠，但同時我也踏實的活著，誰說在劇情裡就一定要把每個細節都過得轟轟烈烈？

試著在劇情裡找出規律：從螢幕裡找到藍色、從校園生活裡找到藍色、從日常裡找到藍色、從醒來到那刻起就看見藍色、從夜幕裡找到藍色、從演員的身上找到藍色、從我與他之間的距離裡找到藍色、從我的眼神裡找到藍色。

我拿起手機，解鎖手機，望著螢幕裡備忘錄上，未曾離去的身影，被告知著這些都還活著，只是沒有必要讓我親身看見。我決定了，要把背景模式切換成深色模式，好讓不想改變的時間被迫推進。

我還在這裡，站在一片藍色的世界裡，我與那些虛構的分秒沒有距離、沒有差別，我現在要去洗澡了，備忘錄的游標會停在原地、持續閃爍，不害怕被包圍在他人所謂的假裝裡，不逃避自己早就對藍色沒有感知的事實，只是偶爾會想起、偶爾意識到一半明亮一半昏暗、也偶爾知道這個時候，什麼都不必多做，只要流眼淚就好。藍色的眼淚。

偶爾知道這個時候，
什麼都不必做，
只要流眼淚就好。

我與藍色與藍色與藍色，還有
2019.10.03

聖誕節卡片

這幾天身邊的朋友都開始動筆寫卡片了，也許是市面上販售的卡片、也許是空白紙張、也許是一大張洋洋灑灑的信紙、又也許是自己用心良苦的繪製卡片，在上頭一字一句堆疊起我們之間的情愫，剛好聖誕節、剛好跨過新年。

這麼想起來，以前高中時候，也是喜歡寫寫字句，送給身邊的朋友們。為每一個人量身打造，在裡頭找到彼此之間的熟識，彷彿會在裡頭看見當初甫剛認識的彼此，或許背景剛好會是個青春的場合，打鬧聲、歡笑聲，可能再多一點哭泣聲、安慰聲，無論如何都難以忘懷那段寫卡片的時光。

曾幾何時不寫卡片了？多久沒有再次動心，把自己對每一個人的感受勇敢說出來？對我而言，在某方面上，可能是過於害怕去理解每一個人與自己的關係，每當想到要說出口，就覺得彆扭，雖然對他們的愛並不少，但仍對此感到羞赧，甚至是要寫給曾經喜歡的人、現在單方面喜歡的人、平時本來就時時刻刻相處在一起的人，成為一個無形的檻，在跨年時刻最跨不過去的檻。

有些關係是需要被確認後，才敢把自己寫在給對方的卡片裡，很可惜，太多時候自己都在關係裡掙扎、徘徊，或許最享受的是這樣的過程，但其實最難受的也是因此而無可自拔，這大概是能夠欣賞彼此、或說痛徹心扉的最美距離。

在愛與不愛之間，凝視無法觸及的幻想，發現這樣其實挺好的，不知道是不是因爲自己過於破碎。

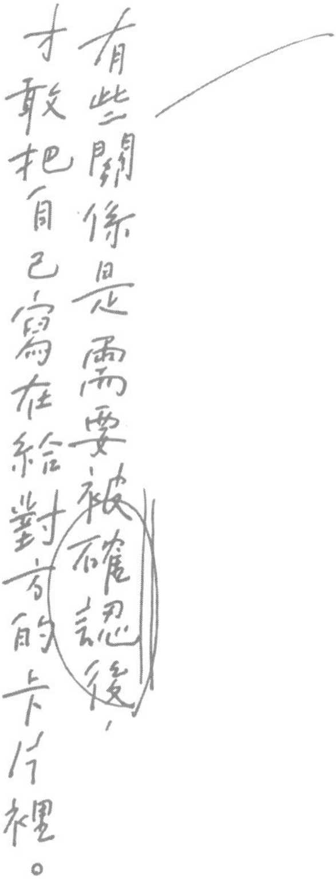
有些關係是需要被確認後，
才敢把自己寫在給對方的卡片裡。

聖誕節卡片
2019.12.20

大掃除整理房間總會翻出一些陳年的記憶，想起來的瞬間還覺得新鮮得很。必須在房間裡翻箱倒櫃，視自己爲考古學家，盡是在塵封已久的世界裡，又想像自己是吟遊詩人一般遨遊其中，除了刻意在灰塵之間找尋我那被忘卻許久的歡樂憂傷，整理起來才看起來比較不那麼累人。

通常能再被我拿出來的回味的東西大概就那幾項，主要是過去的課本、書信、還有一些作品。這類東西大抵在我媽眼裡都只是「應該要丟掉的」的廢物，確實，這種住滿情感的陳年舊物沒有什麼實際用途可言，但有趣之處在於翻箱倒櫃後的驚喜感，從一堆塵土中尋出一個意想不到、以爲早就被丟棄的回憶，那才是我喜歡埋在裡頭好幾小時的動力。

按照我的習慣，我會將一些相同性質的東西收納在一起，書信就是一箱，甚至還細分成好幾個紙袋，區隔日常、生日、節慶等，像是在整理電腦資料夾一般，每個檔案都是獨特的存在。書信雖然能儲存的記憶比較多，但我很少再把已經放入箱子的書信拿出來仔細閱讀，那太費時費力了。反而，我比較常回味的，都是學校的課本、講義、筆記，那些積年累月的痕跡，都隨著褪色的墨水沉澱在泛黃的紙頁上。

歷史課本的目錄頁上寫道：「誰知道明天醒來，世界會不會眞的跟《噩盡島》上面說的相同，我們被妖怪追趕，各地動蕩不安。」有看過《噩盡島》的人大概都知道，到底能多爲其著迷。國中時期相當沉迷於小說，總會在課本上寫一些奇怪的句子，算是發洩我對教育體制的不滿吧！

我就讀的國中規定，小說一類課外書籍屬於違禁品，所有帶來學校的小說等，若被發現就必須被沒收，我長大到現在仍舊無法理解到底禁止小說能有什麼實質用處。總之大家拚了命藏匿，只爲了跟同學交換到不同的故事。教室後方有著一大排塑膠的收納櫃，每位同學都有自己的一格，能妥善存放自己不想帶回家的課本、參考書等。我常常會把小說放到格子的最內層，再用一大疊課本前後上下掩埋它們，當時我還挺沾沾自喜的，覺得這樣一定不會被發現的，若老師抽查櫃子，還能厚著臉皮拉開讓老師瞥個幾眼，也看不出破綻。但我想老師其實都知道吧！

我又翻到另一本小考筆記，裡頭貼滿了當時的國文小考考卷，整本皺巴巴的厚厚一疊，從側邊看還有些紙張突出凹折。封面上，原先的空白處被我寫滿了當時我從電台聽到的歌曲的歌詞（從前我沒有手機，MP3又壞掉不想要送修，只能每天晚上將收音機放在書桌旁，聽著廣播電台放送的歌曲，還有主持人的碎念，不過這樣安靜的夜晚又是另一個故事了），無非是一些帶有激勵性質的正向字句，或者是當時想要發洩自己不知道該如何開口的悲傷歌詞，密密麻麻的連同歌曲名稱、原唱都寫上，讓老師不得不關切我的狀態，並且告誡我如果我要寫出良好的作文，就別再讀這些字詞，應該要多看一些硬派的書目，增強寫作的功力，隨後洋洋灑灑列了一張清單給我，連《文化苦旅》都出現在上頭。我當時才國中欸！

想到作文，就必須被國中的作文集拿出來品嚐、品嚐，看看當時青澀的我，寫著天馬行空的文字，斗大的成績就掛在作文紙的右上方，哪篇好、哪篇待加強一目瞭然。每次段考閱讀作文的引導語，都讓我想笑卻又不能笑，制式到極致的題目，卻要寫得生龍活虎，考驗的除了臨場反應，還得要有誇張的思考、大膽的想法。

每一篇作文的旁邊，老師會影印班上同學的優秀作文給我們當作大補帖，直到現在我都還會去翻閱某篇作文，找到一個從未忘卻的關鍵詞：單手支頤。不曉得什麼緣故，深印腦海至今，老師批改的作文評語寫著：「意境十足，但可能過度成熟……」此類，可能我未來有機會用到這個詞吧，畢竟未來就成熟了。

我考高中的那年，基測（對，你沒看錯，還是基測）作文題目是〈來不及〉，頓時呆坐在考場的位置上，單手支頤，反覆讀著題目紙上的指導語，想著別人的來不及與我的來不及會是怎樣的進行法。遲到是一種來不及、書讀不完也是一種來不及，太晚發現大自然的好、欣賞大自然鬼斧神工，不對，是來不及去細嚼品味大自然平淡如常卻充斥各種美的日子，這是我的來不及。

現在想起來，坐在地上的我不禁啞然失笑，國中生就要學會寫這種平常不會做的事情，感覺上像是在練習說謊，那麼眞實又有趣的經驗。當時寫的內容好像有著王維、蘇軾的詩句，把山水寫得像是家裡廚房，在稿紙上轟轟烈烈製造一場從未發生過的奇蹟。但認眞想一想，又覺得國中的我根本別無選擇，適合的題材大概一個手掌數得出來，或許我該寫個來不及完成作文，並且只寫開頭，直接體現來不及，讓稿紙成爲裝置藝術，從中看見創作者的瀟灑。

把作文寫成這副德性也算是在向閱卷老師開個玩笑，要讓它看起來端莊嚴肅，卻又隱藏著有趣瘋癲。拿著抹布擦拭著房間裡大大小小的物品，從原位取下，讓回憶趕走灰塵，再物歸架上。我看著那本厚重的作文集錦，離不開來不及的想法。深陷思考的我，同時也進行著手邊的工作，躺在書架上用不到的課本全部打包，準備送進回收廠。感覺我少了一些什麼。我拍掉落在書上的灰塵。

轉過頭，映入眼簾的是又那一大箱的書信。空氣寧靜得讓房間大得不可思議，箱子的存在像是被打著鎂光燈般，視線全被佔據。此刻我不知道該怎麼反應，像是隻跟蛇對到眼神的青蛙動彈不得，想逃也無處去。我一直都很清楚，那箱子裡頭放的是我用來肯定自己的證據：我曾憧憬上課時有人可以與我互相傳紙條互通訊息，所以我用盡力氣搜集了我上課與同學往來的筆跡，好來證明我擁有小說裡頭所說的，理想的校園生活？寒冬聖誕節有沒有人願意與我交換卡片、互相祝福，以此才能證明我還有朋友？或說生日需要收到多少封信、多少人的心意，才能證明我還活著？我其實不太敢去回想，所以寧可關起來不碰。

有些教科書早已無用，稍微打理，八成左右都可以丟棄回收。習慣性的翻了一下每一本書，確認上頭沒有寫一些不堪入目的字眼，抑或是讓我可以繼續追溯的文字。讀書、寫字是我那個時候唯一能做的事情，我想。躲進文字的世界裡，就不必理會旁人的眼光，他們看待我的眼神，若是雷射光的話，我認為我身上早就傷痕累累，滿目瘡痍。對於他們來說，我應該不太需要被同理與陪伴，似乎也造就我必須更加隱藏自己，才不會被傷害的太深。我非常清楚，這些都是個性使然，是必經之路，一定會發生的。

我在書桌前坐了下來。以前都在這裡聽著廣播，邊寫著功課、邊用螢光筆在課本上塗塗抹抹；也常在這裡反省自己，羅列今天在學校的表現哪裡沒有做好，跟同學說話時有沒有哪裡用錯詞句、說錯話，並且希望自己明天表現可以再好一點，希望能與犯錯的自己和解（雖然這早就不可能了）。我望著房間的對外窗，天空看起來是灰色的。安慰自己的時候，天空通常也都是一片灰色，同時只有絕望在眼前浮現。但我知道我別無選擇。

書桌上有一小型綠色的資料櫃，我順手抽了一疊用PVC資料夾歸檔好的資料出來，是國中所有大大小小的獎狀。突然有種感慨，覺得拿到再多獎項，應該都換不回失去的、犧牲的自己吧！隨意瞥了一眼，白色的紙張上印著「作文初階比賽——佳作」對欸！我有參加過作文比賽，還意外的得了名，雖然現在看來早就沒什麼用了，也對，什麼事看起來都沒什麼用了。

「作文只要寫得很長、很長，讓字數很多，就可以得高分。你看那個誰誰誰，就這樣得六級分，我也可以。」我國一的時候，班上同學在我面前說得極其大聲，深怕我聽不見。

「你不要理他，他下次還是寫不出來的。」坐在我身旁的同學輕聲的對我說著，他的表情看起來很擔憂，眉頭些微緊繃。

想起這些事情感覺也不會對我造成什麼影響，只是又提醒了自己：「啊，有發生過。」但我應該還是挺在意的吧！儘管過了這麼多年。當下的我努力的裝作若無其事，但其實都可以看得出來的吧！就像老師都知道我會偷看小說一樣。

獎狀的邊緣在桌面輕輕觸碰，被整齊妥貼的打理好，準備再度被放入資料櫃中。這些塵封了約一年的記憶，拉出來用力的甩動，在空氣裡曬一曬，彷彿曬出了一些新的氣味。總以爲過去的味道會隨時間淡去，結果未來一曝曬就又醒了過來，歷久彌新，一年一次讓自己在記憶裡活過一輪。

這樣也沒什麼不好，歷史課本不就是要讓我們謹記過去，在未來不要重蹈覆徹嗎？大掃除總會掃去一些過往的錯誤，警惕自己切勿再犯，期許未來能更好一些。不過，如果可以，我希望那個時候的自己可以再多笑一點，可以再多照顧自己一點。但這一切都已經來不及了。

從前想要趕快使用一些讀起來成熟無比的字句，現在卻只想單純的把話說完，更希望能多花一點時間好好的與自己相處。陸續將房間收拾乾淨，心中的土壤又被翻新了一次，期待新的開始又會有所發芽與收穫，然後跟自己說：我好像長大了。把回憶當作樂趣，整理起來似乎就不那麼累人，對吧？

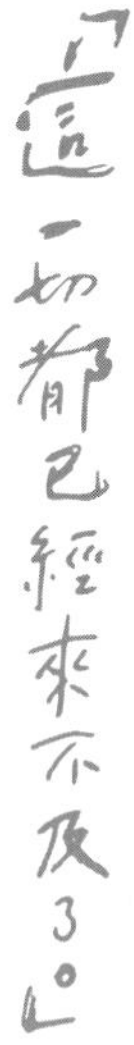

來不及
2020.04.11

泡在酒裡

新年快樂的訊息如雪片般飛來，零時零幾分，彷彿全世界的人都醒著，每個人都握著手機，頻頻點開聊天、簡訊視窗，傳出各種符碼，讓所有的祝福都濃縮在短短幾個字裡頭。

其中幾個人的訊息，我能從螢幕中顯示的文字組合，聞到些許酒氣，它們就像個酒測指標，或許稍微零亂些，但還看得出一點輪廓。老實說，我最喜歡收到這樣的訊息，它們會不假思索的，把這個世界的美好帶到身邊，無聲無息卻又有聲有色。

我是一個很不會喝酒的人，不管是酒量、還是品酒，在這塊簡直是無知到極致。許多場合都需要酒，我的意思是，酒到處可見，時常會被提及，喜宴、聚餐、聽團、唱K，無論如何，酒精瀰漫著四周，躲也躲不掉。

酒會壯膽？確實會，並且說出一堆平時不敢說出口的話，字字句句把內心深處攤在檯面上，像是明天過後這一切都無所謂，只在乎最當下的歡愉或者悲傷，最傻也最眞實。

在訊息傳送欄上塡入幾個字：「你醉了」。

接下來，我會不會收到一連串酒後的鼾聲？還是身體承受不住酒精的入侵而大吐一場？又或者是不斷打字說自己沒醉、傳了一些祝福的言語，還有那些平凡無奇的寒暄，但其實只是在提醒著彼此要好好生活？在深夜裡，清醒的望著亮晃晃的手機介面，靜靜坐在床的角落，彷彿能看見這一切的發生，好像都挺可愛的。

至於那些我傳出訊息，都沒有再被回覆，可能都在新年的氣息裡睡去了吧！

他們呼吸的節奏穩定，吐露出酒氣，與過去一年的哭鬧歡騰交織著，酒精似乎是要人忘記辛酸與煩雜，期待新的一年能夠被此刻的歡愉與無邪包覆，然後很豪邁的過著認爲自己沒有醉的生活。

「我想喝酒，幫我買酒，Sapporo的，」換我傳給了另一位朋友。

決定再嘗試幾次，想方設法讓自己泡進酒精裡，這好像是我每一次喝酒最大的願望，卻始終過不了的一關，可能是身體過於叛逆吧！我好想知道醉的感覺是什麼，會不會走不成直線；好想知道喝了酒之後，無意識的傳訊息會讓我自己看起來有多荒唐；我也好想知道，最內心的我到底想要說什麼，而我到底有沒有勇氣說出口。

醉與不醉到底是不是自己說了算？雖然對此充滿了疑問，但追究這些好像只會讓生活變得不美，不知道好像才是最好的答案。我的酒還要再等一會才會到，但不要緊，最感動的，莫過於知道被眞心對待，就算酒精蒸發了，也帶不走的餘韻。

我按了下手機電源鍵，螢幕瞬間轉爲黑色，讓他們再多睡一點。

最感動的，莫過於知道被真心對待。

泡在酒裡
2020.01.15

被氧侵蝕的日子

幾天前一直想打電話給你，但想到你在忙，就又停下撥號的動作；想要傳訊息給你，但又不能立刻得到回應，想想還是算了。往前翻閱對話紀錄，從前覺得那些訊息根本不切實際，說不上具體實用，頂多是用來損我、或讓我開心，但現在看來一字一句都那麼眞實。

看著對話紀錄發呆了好一會，文字裡透出你的笑容、你的聲音，輕聲細語又堅強穩定，我也跟著笑了起來，耳機裡的音樂專輯反覆循環播放，12首歌都是一晃眼的事。

我瞇起眼睛，想著從什麼時候開始學會去體諒別人？什麼時候開始知道要在對的時間找對的人？什麼時候意識到等待是場未知數的試煉？什麼時候理解同理心是一種態度，不是一種選擇？什麼時候才明白珍惜與給予是同一件事情？我不斷在你身上看見，以前跟在你旁邊的我，纏綿也好、自作多情也罷，斷捨離通通都輪過一回，最後還是沒能給自己一個好的交代，我僅有的是你教我的：要成熟。

我羨慕你把生活過的精彩充實，電影、小說、外出一樣都沒少過，也偶爾在社群平台上發發牢騷，那些文字後來也成了我睡前必讀的任務，你大概從來都沒想過，這些我會密封在心裡，好好保存著。

時間久了，我試圖讓他們接觸空氣，氧化的速度說慢不慢、說長也不長，我們之間也是這樣的吧！被氧侵蝕的日子裡，記憶逐漸斑駁，你的字句是最不容易生鏽的，實質上卻也寥寥無幾，發現我們從來沒有把話說清楚過，總是簡短幾句對話也就結束，並期待下次我們一起上線的化學反應。

一路成長走過無數聚合與分裂，在反應式上左右顛簸，總有那麼一個你，從不被我拋棄，就算我們早就看著不同的月亮、聽著不同的海浪聲，也終究會讓我把那些零散的記憶拼湊起來。

氧會持續供養回憶，持續讓我成熟，變成從前我們曾討論過的，那個沒有原因，只爲了成熟的自己。

「你知道爲什麼我從來不說愛嗎？因爲愛讓人變老。」

「你知道為什麼我從來不說愛嗎？
因為愛讓人變老。」

被氧侵蝕的日子
2019.08.29

只是需要一點勇氣

我常常聽那些人說「要努力、要認眞」「我對你的期待很大」「你是我們家的希望」，但事實上這些話都難以吞嚥，會覺得世界上好像都不斷在背負他人的眼光與不可同理。

我需要一點鼓勵，不需要再多的叮嚀；我需要更多的安靜，不想要雜念紛擾；我需要溫暖的陪伴，眞的不用過多言詞來試圖照顧我。我需要的只是一點勇氣，讓我有勇氣做任何決定，讓我去愛、去用力、去飛行。

這些事情好像都只能藏在心裡，要說出口簡直是難上加難，老是學不會敞開自己。我只能練習，我每天都在練習，練習找尋勇氣、練習失敗的傾訴，然後再試一次，再失敗。

「所以陪陪我，好嗎？」

我需要的只是一點勇氣，
讓我去愛、去用力、去飛行。

只是需要一點勇氣
2019.08.29

廣播電台

讀書的幾年間，廣播一直是我的夥伴，一有機會就是打開收音機的電源鈕，轉動滾輪調頻，切到常聽的那幾個頻道。音響傳來DJ在談吐間的吸氣聲，背景襯著音量被調小的音樂旋律，同時之間介紹歌手、歌名，並且結合一些日常時事，拉近彼此距離，來場空中的靈魂相遇。

「現在你收聽的是……」

※

晚自修後一回到家，迅速打理完自己，就迫不及待坐在書桌前，放下那沉重的白色帆布側背書包，連同我沉重的軀體也一起放下。我按下收音機的電源鍵，幾點幾分準備進入哪位DJ的空中時區，廣播裡傳來一陣又一陣舒心自在的頻率，彷彿整個身體也都隨著天線接收到了。

「今天過得還好嗎？……」來了、來了，內心竊喜。

現在智慧型手機誰不是人手一支？普及率極度高的台灣，甚至連本來都沒有使用手機的朋友，都到電信局申辦了新的手機，還極其興奮的發了通訊軟體的好友邀約給我，要我成爲他的第一個好友。

自從有了智慧型手機以後，做什麼事都像是離不開它，加上串流平台發達活躍，訂閱之後漸漸的只接觸自己喜歡的音樂，操控權全在自己手上，能輕鬆跳過不喜歡的、聽不順耳的靡靡之音。因此，也很少再去打開收音機收聽廣播電台。

爲廣播著迷的我，可不只是因爲音樂洗滌人心，雖說很有共鳴，卻不總是這麼稀鬆平常的答案。我更喜歡突如其來的驚喜，等待驚喜與接收驚喜是夜晚最有趣的事，永遠都不會知道下一首從收音機那兩個小音響中竄出的音波長什麼模樣。相較那些早就被妥貼安置在行事曆上的行程，猜測不到的神秘感總是佔了上風。

我很懷念國中時期沒有手機的時光。倒也不是說手機多麼不方便、或者說國中時期不想要有手機。那時做什麼事情，無論上放學接送、週末出門回家等，都不是依靠電子產品聯繫，因此必須事先跟爸媽說好，每件事情都是照著時程表上精準的進行、移動，就算有變動，也都是計劃之內的事。沒有手機就不必去擔憂時間被誰突然切割、突然掌控，卻也規律的很。一整天忙碌下來，發覺自己最喜歡的時刻，是收聽廣播的寧靜夜晚時分。

不曉得是不是大家都跟我一樣，經歷了壓力極大的國中階段，又或者說我能力較差，所以需要費盡極大的心思在讀書，都好，每天只能與課業、考試為伍，分秒都無法脫離的苦海，硬是糾纏了三年。難得能遇見這麼放鬆的時刻，有時就算當作房間的背景音純放著也好，沒有聽進任何一點，也能得到舒坦的身心。

※

我跟A提過我非常喜歡聽電台這件事。當時從A身上得到的回應是多麼驚訝與開心，驚訝的是我竟然也聽電台，開心的是他也喜歡電台。畢竟那時會聽電台的人應該也不多了吧！身邊三五好友幾乎都沒有聽電台的習慣了，從茫茫人海裡尋求一位知己，是多麼得來不易。

A是我隔壁班的同學，雖然我們沒有在一個班一起上過課，下課常常聚在合作社前的座椅上聊天，說著昨天的DJ說了什麼、哪首歌深得其心。在樸實單調的生活裡，像突然開出了一些花，灰色之間多了一點鮮豔的有趣，對當時我簡直是一種激勵，更期待明天的發生。

合作社約在九點會開始販售中式早餐，炕肉飯、蛋餅、包子等，用著褐色的保麗龍盒盛裝著，本來空無一人的合作社，一瞬間湧入大批人潮，每個人朝著自己的目標前進，比誰快速誰就有得吃。A總是以矯健的身手，穿梭在早晨的合作社裡頭，在擁擠的人群之中奪得他心目中一定得吃到的肉燥飯。隨後就坐在外面的長椅上，打開保麗龍盒蓋，裡頭的肉燥香相擁而出，從他的眼神能看出肉燥飯正散發光芒。

「這到底有什麼好吃的？」看著盒子底下積滿了厚厚的一層油，儘管肉燥香氣撲鼻令人垂涎、飯粒閃閃發光，仍接受不了那可怕的油花。

「有時候不是因爲油才好吃，是因爲我有放感情的在吃。」米飯與肉燥在齒頰之間翻動，A邊說邊吃，不忘要把青春的幼稚語言表達得淋漓盡致。

我旋開保溫瓶的蓋子，動作非常緩慢的喝了一口水，完全不想理他。

A突如其來一個動作，刻意把我的杯底抬高，我直接被嗆到無法喘過氣來。我臉漲紅的看著他，他直接從長椅上逃走，一手拿著筷子、一手捧著尚未吃完的肉燥飯，朝我做著鬼臉。我氣到說不出話來。

「今天過得還好嗎？」A把筷子當成錄音室的麥克風，口中還存留飯粒的唸起一長串的介紹詞，當起有模有樣的DJ：「最近校園劇掀起一波風潮，大家都在討論。校園生活眞的又天眞、又單純，同學間常常喜歡互相惡作劇，發生許多有趣的事情。就像今天我同學被水嗆到，生氣的模樣好可愛……，這些都是生活中平凡的幸福，接下來要播放的是劉若英的〈幸福就是〉。」

眞是幼稚。我笑了出來。

「歌單也太新了吧！還有你肉燥飯到底什麼時候要吃完？我還沒有聽過邊吃

邊說話的DJ。」

當時劉若英新專輯一出，直截攻佔我們的心，日日夜夜都要找方法來循環反覆。再加上當時電視台的連續劇片尾曲都是劉若英，怎麼可能離得開她呢？A每次都說劉若英是他的女神，但我不知道是不是眞的。總覺得他好像在確認些什麼，但我也沒有多問。離題了。

「當然要新歌首播啊！我可是專業DJ！而且你怎麼知道他們沒有邊吃邊播，搞不好他們技巧純熟高超，你沒有發現而已。」他扒完最後一口飯，心滿意足的拍拍肚子：「好飽，眞幸福。」

我大概也是因此被制約的吧！廣播聲音一出，就會不自覺的想吃肉燥飯，彷彿音響裡傳來的不是DJ的抑揚頓挫的聲音，而是陣陣的肉燥香，眼前浮現的全是那油亮而粒粒分明的肉燥飯。什麼時候開始，聽廣播的絕配是肉燥飯了？就跟吃雞排一定要配珍珠奶茶的道理是一樣的。

本來聽電台只是隨意、放鬆的聽，後來會開始注意細節，想找到能開啓話題的素材，漸漸的變成一種習慣，甚至是會偷偷練習ＤＪ說話的語調口氣，好在隔天派上用場，互虧彼此。

好啦，我也幼稚。

※

「你高中想讀哪啊？」他一個發言打斷了我原本也想去買一盒肉燥飯的慾望。

「不知道欸，能去哪、就去哪，也不是我說想去哪就能去哪吧？」

「是喔……」他看起來不是很開心。

每天一大早，我都會固定問他「今天過得還好嗎？」儘管只是一大早，也值得一問。但我這天沒有問，也不太敢問，因爲答案很明顯。我一直有種感覺，我對Ａ的認識仍舊若有似無，不知道他發生了什麼事、也不曉得他願不願意說，廣播大概是我唯一能稍微理解他的媒介吧！

「你相信星座嗎？電台不是有時候都會有某某座、然後幾顆星？當日幸運色是什麼？」我本來還要模仿電台裡那俏皮的聲音說出這一長串星座運勢，但眼下狀態不太適合，只能作罷。

「不太相信欸，你想要說什麼？」一語道破我的鋪陳，果然是A。

「沒欸，我只是覺得這東西眞的有這麼厲害嗎？感覺所有的人都適用。」他沒有說話，看著校園裡面一棵長得高大的樟樹，「雖然我不懂，但那可能是我們能給自己一點依靠的方法吧！內容的眞僞我不知道，但至少會有一點安慰、一點生活的方向，你覺得呢？」如果他今天是爲了升學的事情煩惱，對未來稍微迷惘，感覺上需要一點陪伴吧！因爲我也挺需要的。

「那我問你，你覺得相信這些，就比較輕鬆嗎？」他轉過頭來看著我，眼神凝視著我，卻又透露一點複雜的情緒，交雜在他的四周。A第一次這麼近距離與我相視，我反倒覺得害怕與緊張，我嚥了一口口水。

「你希望變得輕鬆一點嗎？」

A起身準備朝著教室的方向走去，回頭道：「不知道，但我覺得問題好多、好煩。」

我也覺得挺煩的啊。又不是只有你一個人要考試、也不是只有你一個人會走向未來。我很深刻的體會到，原來不是只有我一個人著急、苦惱、煩躁，有時更想要去陪陪那些我在乎的人，一起度過這個關卡，回頭一想，發覺我自己也沒有什麼資格去扮演這樣的角色，因爲我自己也茫然到不知所措。

總是無法克制、壓抑，就算我知道現在煩惱也無濟於事。該來的總會來、該面對的還是要面對，只是我眞的不曉得什麼時候會得到我想要的那個答案。說得簡單一點，我們都在許願，在未知的機會裡，從廣播電台裡聽見想聽到的那首歌。

※

A，你知道嗎，我現在還是找不到答案，或者說等不到答案。不管過了多少年，感覺始終都還是那個剛在煩惱高中要讀哪、志願要怎麼塡的小孩。好像從來都沒有長大過。

我騎車路過小時候常常想嚐一嚐的肉燥飯小吃店，可惜都不曾有過機會，長大也越來越少吃肉燥飯了。但你已經跟肉燥飯是一體的了，無論何時何地，都會透過肉燥飯想起你。你還會放感情、用心的吃肉燥飯嗎？

你知道某個節目已經沒了嗎？你還有在聽我們之前討論過的歌手代班節目嗎？或者說你還記得我們聊過劉若英去當代班DJ的那集，我迫不急待坐在收音機前等著時間到來、又覺得節目結束得太快的那個夜晚？

你現在應該也在煩惱與我相同的事情吧？

有時候我好想回到那些安靜的夜晚裡，整個空間僅存廣播的靜謐，看看我對於未知的期待是否還在。試圖發現樂趣在細節裡、試圖發現我們都不可能回去、試圖發現廣播發出聲音的那一刻，肉燥飯的氣味到底是不是眞的瀰漫整個房間。

你會不會也跟我一樣，多了一些害怕？

恐懼自己對記憶的遺忘，那種連別人都把過去的事情全盤說得細膩入裡，仍沒有半點印象的遺忘；我害怕打開廣播的瞬間，肉燥飯的味道不再出現；也害怕我哪一天討厭肉燥飯、害怕我必須拋下原本想要保留的我。什麼都怕，但不是長大了嗎？

你現在還會想要問我，我高中想要讀哪裡嗎？我能篤定的答案仍是沒有答案。我還是不會知道下一首歌會是什麼、還有你會在哪。

「今天過得還好嗎？」

「你會不會也跟我一樣，多了一些害怕？」

廣播電台

2020.04.26

攤開行事曆，上頭被密密麻麻的行程蓋滿，要竭盡全力才能抓出一點空隙塡補後來新增或忘記寫上去的待辦事項。妥善的將每件事情用不同顏色的墨水筆分類，它們必須井然有序，生活才能規規矩矩。

我不得不承認自己非常喜歡寫行事曆，喜歡所有的空格都吸飽墨水，一有空檔就是找事情塡補，不容許放過任何一點空間與時間的裂痕；相對的，我也非常執念的，希望所有事情都有一個準確的時間與方向，與朋友相約幾點在哪聚餐、某堂課程在何時何地進行、今天一回到家我要倒掉除濕機那滿水位的水，越細越好，同時也向自己表示我有認眞活著。

但也因此成爲缺點。常常感受到不確定的威脅與無奈，這樣的狀態到處充斥著，我討厭一切不可控制的情境，甚至是那些偏離了我所模擬的既定軌道的突發事件。我的情緒也因此變得起伏不定。

對於未知所付出的努力，若沒有得到一點回饋或者報酬，就形同徒勞。我曉得這麼說眞的過於絕對，卻又難以得到一個適切的理由來安慰自己。

說服的理由其中一項：讓時間去證明一切。這樣的話多少都會聽過，總有那麼一個人在耳邊如此勸告著，要做的事情不過爾爾——未知而無限的等待。乍聽之下十分有理，也像是能夠輕易下嚥的理由，確實有很多情況並不是自己無法等待，但是（就是這個但是），當眞的遇到了卻又等不及想要握緊脈絡與時程表，它們對自己而言極度重要，一刻也不可鬆懈。

等待易讓人瘋狂，瘋狂的去猜測未來會發生什麼事情、事情的走向：可能是那間沒吃過的餐廳會是怎麼樣如此平凡無比，也可能是升學考試、工作面試等各種人生的規劃究竟能不能成功，又或者是那些放在跳動的金融脈搏上的股票到底是漲停還是跌停。都是猜，但我們太喜歡、也太沉迷於猜，除了有趣之外，也想要測試看看自己能掌握的程度到底有多少。

我們急切想要知道明天的天空將是什麼顏色，想要知道什麼時候該讓塵封已久的衣服呼吸新鮮空氣，想要知道什麼時候下雨好讓自己能躲在雨聲裡，好希望時間都能被攤開、一切都能被掌握。

所幸，現在能知道明天出門該不該帶傘，或者應該要穿著拖鞋出門，到了目的地再換上工作鞋，每次都慶幸著好險有天氣預報可以看，從炎熱的太陽圖案到閃電雷雨交加的烏雲圖，清一色排開，幫天氣取了各式各樣的名字，在一週的預報表格裡找尋它們的蹤跡，像是在挑選明天的衣服一樣，該穿什麼都已經明確的告知。

不過我們才不輕易滿足。希望降雨機率再寫得清楚一些，有時候30%根本無法斷定該不該帶上那又重又佔空間的傘；希望天氣不要這麼多變，穩定一些該有多好，偶爾出現不切實際的幻想，忘記這只是天氣預報；希望機率這種說法不要存在，所有的事情都可以被確切定論，不要有任何變數，如此就不須覺得等待艱苦難耐，事實就是結果，還能被順理成章的寫在行事曆上，成為必定發生的一份子。

我們試圖在空氣裡抓一些安全感，卻總是撲了個空。

未來遙不可及，卻又近在咫尺，雖然距離的遠近早被看透，像是明天太陽必然升起、也終究落下一樣，只是這一線之隔仍有所裂痕。我們習慣猜測裂痕另外一邊的狀況。

我們試圖在空氣裡抓一些安全感，
卻總是撲了空。

天氣預報
2020.05.24

夢境嚮往

睡眠是件很奇怪的事，它每天的表現都不太一樣：可以趨於緩和的平均值，擁有安穩的睡眠，能靜靜躺在床上等待隔日到來，之中毫無意外發生；也可以極端的活動著，一個晚上排滿了夢，一個接著一個，毫無空閒休息；又可以讓你在半夢半醒間痛苦掙扎，睡不下去、也醒不過來。

我常處於第三個狀態，能想到的形容詞，除了痛苦之外，再也沒有其他。

半夢半醒之間，我的世界狂妄的旋轉，現實與夢境完整連結在一起，找不到明確區分的界線。它們像是支配著我的意識：我以為我在夢裡做過的，現實中也會完成；我以為夢中沒有出現的，現實裡也會離我非常遙遠；我以為夢做多了至少會記得一點，結果醒來也只是兩手空，抓不了也得不到，卻不斷認為自己已經清醒。

以前總覺得能做夢是一件很美好的事，可以突如其來的拼湊各種情節，把自己喜歡的劇本、電影、畫面一次併入夢境，所有的故事都不需要邏輯，也不用多加思索。時間不會倒退，夢也不會，只會不停的向前，預設的故事內容必須跑完一遍才算是完美結束。只是有驚喜也會有痛苦，通常痛苦的成分多了一些。

我有一陣子時常夢到Ｊ，Ｊ把我拉向十字路口旁的一個公車亭，並且告訴我：「公車不來。」等了許久公車都沒有來，雖然到站顯示的跑馬燈上閃著即將進站，卻像是遙遙無期的等待，一點公車的聲響也沒有。他只好開始走路。

Ｊ的腳步越來越快，但又看起來像是沒有目的的行走，我只管跟著他。我不知道他是要回家，還是要去哪，我的夢從來沒有清楚解釋過。他是不是知道我喜歡他的事情，所以想要加快速度遠離我？我沒有一個肯定的答案，但我始終跟著他，並且跟自己說沒關係的。

這個夢如此無聊，我不懂爲何夢境會出現一點我所排斥的劇情，Ｊ早就不是我喜歡的對象了，在內心是這樣默唸、催眠自己。而我應該要醒過來的，費了些許心思，好不容易稍微睜開了眼，又立刻沉沉睡去，徒勞無功。畫面的開頭又是Ｊ，無處不見的Ｊ仍然在走動，他把所有的安靜都帶上了，身旁頓時一片灰白，他的聲音都被關掉了，只剩下他跨出去的腳步聲，還有我踩到樹葉時「窸窣——」的聲音。

我摸了摸口袋，裡面只有一張搭公車用的悠遊卡，不過現在沒有什麼用處，畢竟我們不搭公車了。J索性將卡片收進錢包，只比了個方向——那是學校的方向——便邁開步伐。偶爾，J會轉過頭對著我微笑，眼尾頓時出現幾折皺紋，還有那個被推動的眼鏡在臉上變成滑稽的模樣。儘管如此，我仍不能理解他想要表達的意思，只有下意識的點了個頭，算是一點簡單的回應。我從來都摸不透J的思緒，不過沒關係的，他想說的時候會跟我說。

沿著下雨過後尚未乾涸的人行道行走，一路上讓我訝異的是，我所能看見的風景一直在變換，從台南的街巷、台北101、到日本東京車站、北海道等等，而我望向J，他一點也不覺得奇怪，繼續向前。我想起他之前跟我說的：「沒關係的，我們還可以是朋友。」，我不知道該怎麼回應，不過應該就是這樣吧！不知道說什麼，那就這樣吧！反正這只是夢。

在夢中，J每次從來都不跟我說超過五個字，我也不知道他到底想要表示什麼，我只會盲目的跟隨他的腳步，在要悶熱的梅雨季節沿著人行道向學校走去。途中也不等紅綠燈，夢中哪裡有在管紅燈綠燈，直接過馬路也不會有任何意外。

「你為了他，妥協了多少次，而每次的掙扎，繞回了最初的原點。」現實中一直有人跟我說著這樣的話，我在夢裡好像也聽到了一點，但我不肯放棄，我相信我可以的，對吧？

J是我的同班同學，他總是出現在十字路口的公車候車亭，故事的起點都是從公車開始說起。不過沒關係的，這只是夢，這樣說起來算是蠻清醒的，都能意識到自己在做什麼，只是剛好睡著。我是這麼安慰自己的。

我在夢裡跟J說著我喜歡你，我就真的相信我們在一起了。現實與夢境切換的頻率太高，我太嚮往夢境，昨天與今天像是沒有分隔線。如果我再夢到J，我一定會努力從夢裡醒來。

明天跟今天一樣，我都不斷在祈禱我不會再做夢。

明天跟今天一樣，
我都不斷在祈禱我不會再做夢。

夢境嚮往
2020.05.30

靈魂失去

雖然只由我片面論述一些事情好像過於偏頗，記憶也可能有些錯誤，但我只是想要記錄一些埋藏在心裡已久的話語與感受，或許有點好笑，又可能有點感傷、有點憤怒，但現在想來都只是一個過程，不希望腐壞的時間區段。

我們常常說可以從經驗裡學到一點什麼，但有時候結局只是一場空，彷彿那些苦痛都不是苦，付出得不到一點收穫，徒留一點哀傷與無奈。

※

偶然間在社群軟體看見以前的同班同學的帳號，一時好奇心大發，點進了個人頁面，想看看他們現在都過得如何。無論是過去很要好的、討厭的、或者討厭我的，都想一窺究竟。

W是我國中時期的同班同學，不過我們已經許久沒有聯絡，正確來說是不會聯絡了，我們兩個早已沒有好友的關係。當時一升上高中，我毅然決然解除許多國中同學的好友關係，他們都有一些共通點，大概是不太熟識、或者討厭我的人，畢竟我覺得留著也不會有更好的發展——至少我當時是這麼想的。

我稍微瞥了一下W的貼文，在大學即將畢業的年齡，大致上是離不開談論就職、工作的內容，也對，到了跨進社會的年紀，每個人都需要為了生活奔波，開始分享工作的心路歷程、中途發生的事情，或者是短暫跳脫出來看一看世界發生什麼事，我想跟讀書階段很不一樣了吧！不曉得對他來說，讀書與工作到底哪個比較符合他的期待？

當時國中的我，天真的認爲考試考不好只是因爲不努力讀書，理由說來說去大概就是「你考這麼差！怎麼這麼不認眞！」、「要努力讀書才會有好成績」之類的因果型語句，導致我腦中存留著錯誤的信念，認爲成績這回事只是付出多少的問題，而不愛讀書的人都是壞學生（我現在仍不敢置信我當初竟然會有這樣的想法）。

回想國中時期的W，其實我現在也不太確定該怎麼定義什麼是好學生、什麼

是壞學生，不能單看成績去定論一個人，想想覺得好壞哪有這麼簡單就能區分，頂多只能說W當時是討厭我的，這我倒是很能肯定。

要說有多討厭呢？其實我也不太知道程度的多寡，反過來說，我大概能從我遭遇的情況，多少釐清、判斷一些。聽起來挺沒有一個界線標準，但每一件事情都深植內心，依舊清晰可見。

「你覺得幾號是不是娘炮？」、「你覺得幾號是不是很做作？」、「你覺得幾號是不是男人婆？」紙條上有著水性原子筆的痕跡，幾個問句就開始在班上傳遞，從第一排第一位同學開始，按順序前後傳遞。除了傳遞問句之外，下面還有一大片空白，一條線從中切半隔開，上面寫著「是」、下面寫著「否」，班上同學大抵知道用途是什麼，拿起筆在上頭畫起正字記號。

前面的同學轉過頭，在我桌上放了幾張紙條，瞬間像是被滿滿的惡意包圍，所有的憤怒、傷心、感慨、難過同時湧上心頭，頓時之間不知所措，想要反擊卻又無可奈何。

我翻了翻紙條，把幾位被光明正大寫在上頭的同學都看過一輪，也順勢接收到了W的眼神，他嘴角微微上揚，看來他覺得他成功了，看見我的脆弱，哪怕是短暫到稍縱即逝，也感到心滿意足。他笑了。

※

現在雖然性別相關的歧視議題討論不會少，但在當時卻是不健全的。不過透過歧視傷害他人可能是無形中的產物，自己並沒有意識到，也沒有想要意識的意思。

現在的我只想問W還記得這些事情嗎？我曉得他只是發起人之一，但真的有在乎過這件事情嗎？至今會不會有一刻想起來過？就算只是一下下，有沒有想過有多麼讓人受傷？

雖然我也沒有要追究W，甚至回過頭想了想，當時告知師長也只得到了大事化小、小事化了的處理，感覺更是沒有受到尊重，不過這些都已經是多年以前的事情了。話說回來這也眞的非常湊巧，在大學畢業的這個階段，接受到了W網路遠端的資訊，這一切也看起來都被安排得好好的，好來驗證我是不是眞的有長大、驗證我會不會再因此而受傷、生氣、難過。

我有股複雜的情緒在內心強烈的撞擊，我像是受傷了卻什麼也沒得到一樣，從前都聽別人說，受傷是因爲能讓自己強壯，從跌倒的傷口中學到些什麼，我卻一點也沒有變得更好，虛度了人生時日，靈魂某些部份彷彿是註定要失去的，再也沒有回來的機會。

以前相信的逐一被推翻：努力讀書不一定會考得更好；付出的份量並不能決定得到的多寡；某些註定要失去的是不會回來的，他本身就是一場考驗。至於W能不能意識到自己的所作所爲對他人造成多大的負擔，我也無從得知，只能相信他曾有的認知會被自己推翻。

我盤點自己的靈魂，算算還有多少是可以用來揮霍、失去，也許我會再多成長些，只是現在看不出來；也許未來我對自己又更加不同了，更新、取代了自己現階段的理念；也許這個世界會不斷的被推翻，直到許多人都能好好成爲自己，那靈魂也值得失去。

靈魂某些部份彷彿是註定要失去的，
再也沒有回來的機會。

靈魂失去
2020.05.30

第二章 偏激厭世的礦泉水

CHAPTER 2

無知的檢討
顯示自我存在與
懂得使用應有權益
但那頂多只是把
所有的不足足足足不足
赤裸攤開

活著

最近常常捏造出不是自己模樣的自己，或許生長在這個世界上就是一直在摸索，時間的動脈、事情的發展，好讓自己不會變成別人口中的邊緣人。

每天問自己有沒有吃飽、有沒有按時的給生病的自己餵藥，然後假裝活得無憂無慮，過得非常不錯。如此、如此。

盡可能用簡單的話語，堆砌出看似頗有道理，卻毫無意義的發音句子，讓自己感覺有內容的活著，也算是努力過的，敷衍了事就當作今日事今日畢。

還以爲長大就可以無憂無慮的去嘗試小時候被禁止的事情，然後可以挑戰過了十八歲之後的秘密，無限的踩踏那些被標記塗了一層又一層的赤紅，赤裸的人生就是硬生生的被剖開，還覺得自己十分勇敢，追逐自我、轉型成新的人生。

漸漸的，某些詞語變成常用單字詞，「如果」、「也許」、「可能」、「或者」、

「就算」像是拚了命告訴自己，我都還活著，雖然生命中遇到了一堆讓人不安的事情，也要用這些詞語來搪塞，假裝自己是勇敢的，並且沒有逃避的面對這一場看似遊戲的人生。

假裝自己是勇敢的，
並且沒有逃避的面對
這一場看似遊戲的人生。

活著
2017.08.11

至始至終都只是無法思考人生爲何是這樣

01 砂丘宣言

有很多話說不出來，連文字怎麼排列都無法，從來不知該如何克服。每每碰上，沒有辦法用任何語言建構出代表內心的思緒波折，大概也只能放棄的告訴自己：「算了吧！」

沙漠上徒留著腳印，把文字寄託於痕跡，淺淺的說過一句「我來過」，風就帶走所有得以證明的沉默。

活著之於浪跡天涯，死亡之於永久緘默。

02 喪失能力

間接的，我發覺自己喪失溝通的能力，有著枷鎖禁錮，更讓人顫慄的，是自己也不明白內在思緒的翻騰與慾望的渴求。溝通奪取了生活的一大半，我不敢太過於輕忽，再把一點一點累積的心血，一鼓作氣的曬乾自己。

我喪失語言能力，剩下簡易的單詞，發出一點聲音、足以過活即可。我寧可讓人竊竊私語說著我有多懶惰、多麼不負責任，也不願意把自己裸露在傷害底下。

我喪失閱讀能力，我無法順利的擁有正確順序以及專注的心，對於一串串文字，像極象形符號，摸索紋理卻無能爲力。

我喪失理解能力，我無法讀取現階段的我自己，甚至是不懂爲什麼會在這裡、該做什麼、下一步怎麼辦、我可以離開逃走嗎？

我開始安慰自己：你是一個太容易感受失去的人。這是我所能擁有的、唯一的聊天技巧，其餘在自己身上都起不了作用。身爲沒把意義與字詞連結的我，總是串接失敗。

間接的，我學到了一種什麼都不會喪失的方法，沉默不語像麻醉劑一樣，讓我知道，我還是人，還會呼吸，還活著。

03 暫時停止失望

人生不能重來，我會緊緊抓住機會。

只是失望的事情太多，以爲走在人生最低潮的時刻，卻發現不斷迎來下一次的哀傷。暫時停止失望放到我身上成了最難的關卡。什麼時候能夠自然而然的笑？什麼時候能夠無拘無束的哭？帶著問號的分秒，在未知的宇宙裡飄渺。

再給一次機會，好嗎？給別人機會，到頭來也是給自己機會。

我討厭這個世界，用錢衡量所有事情；我討厭這個世界，用異樣眼光自以爲是的照顧他人；我討厭這個世界，因爲從來沒有人是公平的，也從來沒有人認爲自己是錯的；我討厭這個世界，總是認爲每個人都要用一樣的模式呼吸，集體犯罪連體嬰生活。我討厭這個世界。

面對所有的失望，都暫時停止，好嗎？

至始至終都只是無法思考人生爲何是這樣

2018.07.30

面對所有的失望，都暫時停止，好嗎？

徒留哀傷

不需要爲了誰的不懂而讓誰受苦，停止用賭博創造世界，籌碼終究不會成長在空乏之中。請把信任帶回這裡，尚需一些機會去把握，求你給點生存的空間。

後來，所有人事物都變了。我以爲會更好的，但其實這樣也好。每一個我曾喜歡的片刻都只是片刻，我以爲它們能夠永恆，卻此般落魄。

後來，所有的問題都變了，只剩留下悲哀的人，創造無知。

後來，所有的問題都變了，

徒留悲哀的人，創造無知。

徒留哀傷

2018.08.01

在吃了google翻譯之後

躲在長眠裡，試著不接觸任何現實空氣，把文字堆積成幽默，創造自以爲是的美感，沾沾自喜的，拜託大家一定要喜歡我。

隔絕了好一陣子，回不去以往的我，大家說我變了，汗水在熾熱的陽光下不斷湧出，只爲了極力澄清我沒有變，只是你們沒看過的那個我！點開群組，向朋友大吐苦水自己的努力沒人看見，一件件心血被退回，堆積的美從此不再讓人欣賞，一蹶不振的。

漸漸的，聲音變成一個調調，同一個頻率訴說著我沒變；同一種說話方式傳達著我其實很好，尚能運用文字寫些無關要緊的話；同樣的自己、同樣的身軀、同樣的邏輯，顚三倒四拼湊著所有我想要給大家看的，卻明明只是雜亂無章的碎念。相同的，我必須沾沾自喜，請大家宣朗我的文，以我爲傲，謝謝。

不客氣。

我只是吃了google翻譯，不牽拖是迎合觀衆，這才是我原本的樣子。

#偏激厭世的礦泉水

拜託！大家一定要喜歡我！

在吃了google翻譯之後
2018.08.12

向外星人坦白

在所有嘈雜的聲響中故作鎮定，推了推眼鏡，很理智的想要說一些話。

「請問你是人嗎？」我問。

身邊圍繞的依舊是繁雜的聲音，把自我吞沒住的黑色，蔓延在世界裡。

「好，我管不了你聽不聽得懂。歡迎來到堪稱社會共融、密不可分離的世界，地球。」如果這麼說，應該很貼切吧？活著爲什麼美好呢？因爲互相共存，無論是扶持、傷害、難過、絕望，都會同時發生。

外星不知道是不是人給我一個表情，這是疑惑的面容嗎？不對，他有表情嗎？那是他的臉面嗎？吱吱喳喳的，像有一種不友善躁動在我們之間僅存的隙縫中。

「我們很友善、很體貼，善於同理別人。」

「我們都說眞理，代替月亮懲罰別人，因爲我們擁有絕對正義。」「我們只懲罰激進份子，因爲他們跟我們不一樣，需要受到糾正。我這樣講你有懂嗎？」

「激進份子說我們愛霸凌，我們只是堅持守己，沒有霸凌，上帝永遠站在我們這邊的，膚淺的他們不會懂的。」

「我們只做對的事情。」

外星不知道是不是人突然之間跌倒了，還是其實這樣才是他站立的樣子？我寧可跟這些外星族群（他們會群聚嗎？）說話，也不願意多看一眼激進份子，一群沒用、甚至不配當人的骯髒東西。

跌倒瞬間轟隆作響，壓垮了我們的夥伴：「你搞什麼東西啊！我都好好跟你說話了！是怎樣？不滿嗎？」

我們沸騰了起來，這個世界是不是要被摧毀了？我們要力保家園，捍衛自己與他人，社會教導我們要共存、不可分離，務必遵守僅存的規則，才是正義的作爲！我們必須保護人的族群，將來是要壯大的！

外星不知道是不是人從未知的地方發出一個莫名的嘰喳聲，大點淚水（是淚水吧！因爲他被我們感動了！）撼動方圓500公尺內（不要問我爲什麼知道是500公尺，就算說錯了，上帝也會眷顧我，照顧犯錯的人），爾後便逃離地球。

※

後來史書上記載著，從前咖啡都加糖，至今咖啡都加鹽巴，凡加糖者，必受懲處。

向外星人坦白
2018.10.26

故宮雜想

「所有的存在都有其道理」常常聽見如此一句鼓勵的話，以排山倒海的方式灌輸在你所擁有的分分秒秒裡。會更加堅信自己，保持獨特自我。但這句話僅止於鼓勵，卻忘記提醒放縱玩弄的人們，要懂得珍惜與秉持理智。

故宮（我說的是外雙溪的那一個，其他的我沒去過）裡演繹不同時代的眼淚、結晶。他們時而壯麗，時而悲催，粗糙灰土裡，隱藏世間紅塵於細膩，僅管龜裂不完美，仍是價值連城的國寶收藏。

你說翠玉白菜不是塊好玉，但是論及雕刻技法無可挑剔；你說故宮的器物長得都差不多，卻承載著諸多文化的身軀；你說故宮就是個無聊的地方，但他過於獨特，你不愛沒關係，他還是會在。

收藏品一件件都不會說話，卻又能把故事說得生動壯麗。無心的平凡，產成將來的珍貴，他們靜靜的看著一切發生，藏匿曾經平凡，也念舊曾經平凡。

「所有的存在都有其道理」但我時常忘記要珍惜與尊重，不過我總是秉持不歧視、不霸凌的態度，請你們不要霸凌我。

他過於獨特，
你不愛沒關係，
他還是會在。

故宮雜想
2018.10.18

回答

我其實很怕被詢問很多事情，可能我反應較差，腦袋動得比較慢，在問題前面如同纏繞般的麻繩緊緊卡死，找不到一個清晰脈絡、完善的解釋來表達自我。

在急於站穩自己的立場時，驚慌失措；在消化來自不同世界的建議時，眉頭深鎖；在尚未開發的領域之前，無所依靠。我害怕的是無能爲力的脆弱感，雖然誰不是在這樣的環境中長大？但面對許多問題，甚至只是我生活中最平常的小問題，也能讓我焦躁大發。

我不知道你到底想要聽什麼。

什麼事情都要有一個回答，那些回答眞的就代表自己了嗎？然後一言以蔽之，不對，更貼切的說法是懶人包式的斷章取義，自己被切成零碎，放到他人所謂的公審撻伐中，成爲娛樂犧牲品，或者成爲社會祭品。

「我會好好的說話，當一個人人口中稱頌的乖孩子，我說、我說你要的，拜託不要殺了我。」

血色的月光會暈染天空，夜晚特別腥紅，誰成為誰的棋子，而誰其實都心知肚明。只是後來發現所有人都假裝睡著了，能發出聲音的人卻無法給我足夠的安全感，我也找不到答案了。

請默許我，把世界變成黑色，我才能在漆黑裡假裝自己的不存在，好嗎？

「我會好好說話，當一個人人口中稱頌的乖孩子。」

回答

2018.10.24

先入爲主

「其實……然後我就有了。」

大概都在經歷同樣的事情：無論被質疑了些什麼，都是不斷的被貼上標籤，而後當泛著淚光努力的洗刷那些標籤殘膠，就又有更多的標籤貼上來，反反覆覆、惡性循環。

直到害死一個人、一群人、一個社會、一個世界，再來假裝哭泣故作憐憫，又或者嘲笑：「那些讓人動容的嫌惡臉面終於被標籤淹沒，終於這個世界不再有他們。

終於不再看見那些被迫加入戰局、被迫爲先入爲主所害的代名詞。」

其實我沒有，
但你覺得我有，
然後我就有了。

先入爲主
2018.11.02

2019.05.24

有時候我很想要躲起來，讓大家找不到我，我也找不到自己。

有時候認爲自己是個怪物，連我自己都不能接受自己，卻又覺得這樣的我好像沒有不好，矛盾的自己拉拉扯扯。

有時候一無是處，只好透過一些膚淺的方式來展現自己，最後回過頭發現自己當時的任何決定都是那麼的愚蠢。

有時候只好認命吞下所有的不安與不適，其實自己很清楚，我的恐懼凌駕著意識，我害怕被看穿卻又急切於被看穿。

有時候想要停止思考一陣子，生活走得太孤獨也太難熬，反而對自己是個囚，卻又享受著自虐而痛楚的焚燒掙扎。

作爲怪物，我試圖尋找掩護，到頭來還是被你一眼看破：「你好怪，怪得可以、怪得我喜歡。」直到有一天我這麼告訴自己。

你好怪，怪得可以，怪得我喜歡。

2019.05.24

01 致 以爲應該要那樣的這裡

「你們一個個被逼迫著開門，並且要說世界很美麗。」

有些時候只是因爲自己的不能接受，而忘了應該要有的尊重；有些時候只是因爲自己的討厭，而不斷產生認知偏誤；有些時候只是因爲自己的歧視偏見，而不願意再給自己一扇窗去看看不同的世界。

你所認爲的世界，並不是你理想中的那麼美好；你所認爲的世界，並不是你一直以來的枯燥乏味；你所認爲的世界，才不像你說的只有黑與白；你所認爲的世界，只不過都是你所認爲的。

所以開始塑造那個想像中的世界，把腳放進錯的尺寸裡，哀嚎著都是鞋子的錯；所以開始哭喊這個世界的歪醜，卻沒發現是自己的眼鏡上沾滿了污穢；所以開始無所不用其極的，對於別人家的命視若無睹。

開心了、開心了，一個接著一個，都成爲自己眼裡那無止盡的灰色；開心了、開心了，雙雙成對，只能是自己眼裡的契合；開心了、開心了，三天三夜不眠不休，世界眞的要變得如此理想；開心了、開心了，死的是自己的親人，開起派對，慶祝終於抹去了那些不順眼的骯髒。

最近有點無聊，去問問隔壁鄰居近來可好，強硬開門闖入，暴力逼迫著小女孩，要她開口說這個世界眞的很不錯。

「眞的很不錯，對吧？對了，你不准墮胎。」

02 致　知道會是這樣的那裡

我們都把世界想像得很大，其實他的每個細節，我們都看得很清楚；我們都把世界想像得很大，他又繽紛、又絢爛；我們都把世界想像得很大，我哭泣的同時有人歡笑著；我們都把世界想像得很大，那些險惡的事情正在發生，我卻享受著幸福而平穩的生活。

有些時候我們知道，在我們所想像的世界裡，諸如霸凌這類事情會發生，而且不斷發生，但我們卻選擇悶不吭聲，這並不是我們所冀望的；有些時候我們知道，在我們所想像的世界裡，我們時常感到無能爲力，但我們的無所作爲只會加深無力感；有些時候我們知道，在我們所想像的世界裡，我們是有能力讓他變得更好的，只是我們害怕、膽怯、逃避，只不過是忘記了一件事情：

世界就這麼大，再怎麼逃，都得面對。

或許我們已經很好了，我們的世界也很好了，但那些惡總是充斥著。我們本來就知道這個世界不完美，後來終於覺得，或許根本不需要完美，因爲我們都懂了，我們都是有能力溫柔的，用溫柔去包容世界的惡。

請挺身而出，溫柔以待。

挺身而出，溫柔以待。

這裡與那裡

2019.10.26

標籤貼

從小逛文具店時，時常凝視著空白的標籤貼紙，以塑膠包裝、吊掛在販賣架的金屬勾上，有大有小整齊排列，看來是熱賣的日常消耗品之一。它有一種讓我莫名想要購買的衝動，儘管我根本沒有需求，導致每見其一眼，動輒思考許久關於花錢的理由。

標籤貼，包裝上最常示範黏貼在檔案夾、櫃子等，作標明事物一途，異想天開的我正在計算著把家裡書櫃的每一本書標上號碼的可行性有多高，想當初可是想把家裡的書櫃整理得跟圖書館一個樣貌，很可惜這個念頭最終還是塵封腦海，最終仍找不到有效說服自己買下標籤貼的理由。

時間隨著生活而去，老實說我早就將這件事情忘得一乾二淨，當我再想起標籤貼，已不知是幾年後的事情，大概不下十年了吧，我想。只是我不再那麼渴望買它，以前總覺得處處都可以用上，身邊的大人們一張一張往物品上黏貼，急切的要將這世界所有的一切分門別類，結果現在像是變了心一般，對它再也沒有好感——這可能是一種長大的類別吧！

如果我說長大是煩惱的開始，會不會更貼切一點？我開始煩惱分類的標準該怎麼制定，界線該位在何處才是最適當又不讓人感到矛盾？煩惱當遇上能夠同時分在好幾項類別裡時，又該如何做出決定？但迫於咄咄逼人的時間，只能用力折斷所擁有的一切，不為了別的，讓所有碎片都有其歸屬，別無例外。

好像都應該要讓自己跑得快一些，雖然我不知道這樣的信念是來自何方，但從小到大都從未違反過這樣的定律，我們學會分類，得到的理由是要讓我們的思考、辨識、判斷快一些；我們學會分類，目的是要考驗對普世價值的信仰有多虔誠；我們學會分類，日子漸漸變得像區塊一般，一塊一塊自以為妥貼的位居一方，時間點到了，就要用力消化，不然會來不及，然後告訴自己：應該要再快一些。

我們都在別人的口中生長，誤以為他人盲目、偏頗的分類是王道，用盡力氣都要擠進、或者跳脫那樣的框架，上演一場爭奪抑或害怕、躲藏的極端戲碼，但有時不得不跟上，因為別人動作飛快，自己絕不能停下，要求自己要繼續長大，再快一些。

被賦予使命要與時間賽跑，但就算是乾淨利落的分類，也總會有出錯的時候，不過這一切總來不及挽回就又得向前跨步；又或者說根本不知道出了差錯，就這麼一路不回頭的向錯誤前進，提著自己萬丈光芒的身軀卻空虛乾癟的心底，對著時間、節奏、速度低頭，轉過身繼續對世界分門別類，接著汲汲營營活在他人的分類中。

標籤一張張的被貼在時間的縫隙裡，有些是自己貼上去的、有些是別人自以爲是的傑作，密密麻麻的，區隔出我小時候與長大的模樣，讓他們看起來一點關係也沒有，如此破碎不堪。回過頭來好好的回溯這「再快一點」的標籤貼，發覺自己被定義得非常絕對，用力拉開人生的時間軸，才會意識自己身上總是被貼滿了標籤，充滿了既定價值與歧視，宣告著你不曾努力、也無力改變。

我從塑膠包裝裡抽出一張標籤貼紙，上面新得空白，我沿著邊緣撕下，貼在我即將跨出去的明天。

既定價值與歧視，
宣告著你不曾努力、也無力改變。

標籤貼
2020.02.26

那些我所厭惡的

01 免費

「免費都是最貴的。」

這句話會問世一定有其道理存在，想來也是。最常被提及的就是人情債，免費、卻也難以清還。雖然人脈這件事情就是用來麻煩的，這麼講是如此絕對，卻也如此眞實，但我總不能適應這樣的交際應對。我向來不麻煩別人，麻煩別人易於使我羞澀，反而不能抛出眞心面對任何人事物。

我只是不敢向他人請求，那除了需要極大的勇氣，我也害怕所有的往來都在無形中成爲消費。但很矛盾的，我是願意給予身邊朋友幫助的，聽來是個無所求的存在，其實只是怯於開口。

我在他人的眼裡看來，可能是路邊的石頭，平凡無奇也獨立自主過活，卻又時常被動的在世界的每個角落裡滾動。與此同時，我也懷疑自己，是不是過於免費，才讓我傷痕累累。

做個人情是做人之道，這我也知道。踏入社會需要朋友，靠的都是過去累積起來的點滴與互動交往，才能一步一步移動在陌生的環境裡，所有都像是被制定好的，隨著這樣的規則就能無所畏懼，但我卻怕了那些必要的麻煩，我應該要開口嗎？

我的生存額度不斷在支出與收入間掙扎，我拚命呼吸氧氣，想得到一點安慰，包裹自己的不安，卻只是一再摩擦、風化、破碎，成爲更微小的塵埃，漂浮在無止境的猶豫裡、那些曾經與我相遇的人的眼角邊。世界眞的沒有辦法免費，連同那些嚮往的與世無爭，都不可能免費。

「免費都是最貴的。」

02 與世無爭

我們何以定義什麼樣的生活才是完美？

前陣子同學選了一堂課，內容是講述關於高齡化社會的現況與價值觀，他說老年人的那個時代，正經歷了經濟起飛，是台灣最輝煌的時區，他們認為他才是生活的完美境界，比較起來，現在的年輕人根本賺不了幾個錢，甚至可能只是當他們眼中的爛草莓。

這讓我重新思考了世代差距這件事情。每一個世代都不相同——廢話——會有最好的世代跟最壞的世代嗎？說到這裡，怎麼突然覺得在進行分化的既視感，但我只是純粹的想表示，這兩個時間區段眞的不同，無論哪個年代，也都為了追求目標，只能在有限的制度裡不斷灌注汗水與眼淚，但年輕的一代眞的很差嗎？

我們建立在時間點上的誤會，似乎都只是用自己的觀點去看世界，無法認眞深入同理，但我們最常忘記的是：時間都一直在走。

我總是認為，我們擅長分類，並且將某些生存的步驟定義得過度僵化與絕對，並且視爲眞理。當老一輩的長者用他們那個環境批評我們所生活的現在時，在時間軸上釘上了主觀的定義，並且將我們圈起來，成爲我們身上無法退去的分類項目，也許未來就會變成時代的眼淚也說不定。

所以我們到底如何定義什麼樣的生活才是完美？

最好的情況是發懶在家、不必爲生計汲汲營營、爲誰的臉色賣命負責，能過上悠哉無慮的生活，並能滿足身心靈的需求，但這種事情是不可能發生的。

我來說說期待好了。

我們期待好事情發生，因爲我們相信，好事充滿才是人生最高幸福的境界；我們期待麻煩都會消失，因爲處理麻煩要花費太多心思，所有的麻煩都只是爲了折磨人才會出現，折磨充斥的人生最不完美；我們期待彈個手指，就能找到最合意的對象，無論是感情、事業、人際搭擋，這樣就不會有意見分歧、習慣差異，還能對別人說我們百年難得一見；我們期待信仰的保佑，只要花點時間，口中念念有詞，香火、十字架、雙手合十，一切的幸福都將有求必應：「欸！我們有努力喔！」

「沒有夢想的人最糟糕」
「你們要對自己有所期待」
「這個世界很不錯，只是能怎樣就更好了」
「其實我覺得這樣也不錯，知足常樂就好」
「我也想改變，但我沒辦法」
「我已經有期待世界會更好，你們不要吵」

遵循一個制式化的過程，在時間的流逝中反覆，這並不是嘗試性的探索，頂多只是虔誠式的膜拜，呢喃著內心的期待，期待能就此實現。接著我們開始對那些與自己持相反意見的人碎念、斥責、怒罵，試圖用以爲最祥和的方式，說一些「你怎麼可以跟我不一樣」的道理，因爲他不是我們所期待的。

每天太陽都升起落下，那我就應該起床睡覺；我期待世界不一樣，但不是你的那種不一樣；我所期待的生活非常完美，你也應該一起完美；我沒有說你不能有自己的期待，但我的比較好。

「沒有、沒有，我期待做個與世無爭的好公民。」

我們期待，能在幸福安逸的習慣裡毫無自拔的睡著，再不動聲色的抗議那些窗外陌生的光線，他們正在移動、正在穿透、正在覆蓋自己，但我們馴服自己那都是邪門歪道，所以不願醒來、也不可以醒來，儘管白日早已到來。

03 白天

我的租屋處照不太到陽光，唯一的對外窗被對巷的房屋無奈的阻擋，一整天下來，幾乎是在黑暗、透著微光的房間裡生活著。

然而，我總是喜歡自己一個人，獨自待在我的房間裡，處理所有大小事，我都說我是黑色的，守在漆黑的房裡。

時間長短不一，時常是連續個好幾天足不出戶，日夜僅依靠窗戶那稀薄到不行的明亮辨別，還有手機顯示的時間計算歲月的步伐。但老實說，辨別白天與黑夜對我好像沒什麼用處，依舊是要把手邊的工作完成，也順便等待即將翻新的一天。

不過，我討厭白天。

每天一醒來的第一件事情都是確認時間，通常是一個很早的數字。躺在床上、睜開眼睛，疲憊的望著粉刷得白皚的天花板，在朦朧中呢喃著剛剛夢裡發生的事情，又想要再裹緊棉被睡去。

昏暗的房間裡，感受不到白天的氣息，我努力告訴自己得起床，按亮了書桌檯燈，假裝我的房間太陽每日例行升起，耳邊似乎還能聽見遠方傳來的雞鳴。

白天又得要做著昨天沒有完成的事情；白天又得要繼續負重前行，沒有方向；白天又得被硬生生的從黑夜的躲藏裡拉出來，再也無從遮掩；白天又得讓你宣告今天會勤奮、認真、負責；白天又得把例行公事翻遍，日復一日在循環裡恪守規則；白天又得在禮貌中度過，並且提醒自己：這裡有滿滿的惡意。

別人口中的白天怎麼光鮮亮麗，我卻得警覺那些虛假的善意、殘忍的攻擊。還是，或許白天沒有我說的這麼壞，我要樂觀一點，對，他們都要我往好處想。

我準備好要睡覺了。距離白天甦醒的時間還有6小時，像是在把與惡的距離具體化的過程，但我盡可能保持開朗，思緒不斷的說服自己，明天會有什麼有趣的事情會發生。

我不知道這麼做會成功、還是失敗，彷彿會是一齣沒有結局的連續劇，從來不曉得是喜或悲。帶著身上的黑色，走入了白日的天下，想要平凡無奇的呼吸，並且冀望黑夜快點到來，好讓我能藏匿那些黑，揭開那些從沒向別人說過的痛苦，獨自在夜裡療傷，白天又得裝作什麼也沒發生過。

我躺在床上、睜開眼睛，疲憊的望著粉刷得白皚的天花板，我努力告訴自己得起床，按亮了書桌檯燈，假裝我的房間太陽每日例行升起，耳邊似乎還能聽見遠方傳來的雞鳴。

04 痛苦

每次有機會，就會想跟以前的老朋友相聚，一見面總是能聊個沒完沒了，向時隔已久的彼此問候關心。而冥冥之中，會懷抱著一種憧憬——希望大家都能好好的。但這種願望就只能是願望，然而我們也不會選擇把目前的苦痛傾訴於聚會，大概覺得這樣不好、或者認爲自己還撐得住。

可能前幾日在社群媒體上看見誰的抱怨，今天一句「哎呀，習慣了，家常便飯」就帶過了，聽起來無傷大雅的，但眞是如此嗎？彼此都好似乎在間接之中成爲假象，反正也只是短暫的見面，撐一下還不足以被識破，而且這樣的場合談痛苦的事情太不合時宜。大家都要開開心心的。

不合時宜什麼的我倒不是那麼介意，不過我也有個冠冕堂皇的不說理由——我只是不喜歡麻煩別人。聽起來很棒吧！這是多麼合理的解釋。我害怕說出口只會讓朋友擔憂，索性不說。什麼都不說，就不會被發現，也不必解釋來龍去脈，更不用添好友一分煩惱。多好。

「欸，我看你的文字，充滿複雜的心情還有狀態，你還好嗎？是發生什麼事？」「對啊、對啊，說一下嘛」「我上次看你還行，結果怎麼突然變這樣了？有事要說喔」但難免會有人提起，沒辦法，這是聚會。一人提起，眾人詢問。他們都在等你。

「沒有啦，沒什麼，就一些小煩惱而已。」誰會相信是小麻煩？連我自己都不相信。

「是喔，好吧。不過我們可能也幫不上忙。」最會圓場的朋友出聲了，氣氛瞬間又回到最初那種無章法卻又有脈絡的談天模式。每個人的眼睛還是會偶爾注意著我，我知道他們在想什麼，我大概也很明白的把「逃避」兩個字大大的寫在臉上吧。

當下的空氣異常的煩悶。我總覺得大家都有些話說不出口，不管是關心的言語還是自己所經歷的各種情緒、生活怨言，好像沒有人願意邁開步伐，向前走動一步。明明眼前的都是曾經的摯交好友。內心的鎖妥妥當當的守著秘密，痛苦不堪卻又深藏心底，自虐的前奏通常由此起頭，漫出滿腹苦澀的旋律。

我在逃避。也不是只有我在逃避。

但我是願意聽的啊。沒有人願意說。此刻最大的痛苦是大家都悶不吭聲。我們對身邊每一個人釋出善意，同時也隱藏自己內心的灰暗，催眠自己那是他們不需要知道的事情，卻渴望大家都過得好好的。聽著大家對於生活的分享，倏忽有個直覺閃現腦海，感覺每一個人都是心知肚明的，知道沒有誰是眞正完全的快樂；但很可能就是因爲每一個人都清楚明白，才會有種強烈的、無形的安慰，圍繞在我們的四周。

或許「大家都好」這句話應該改成：「大家都不是很好，就好」。

05 安慰

我有個不知道是好還是壞的習慣：時常徘徊在悲傷、情緒性的文字附近，猶豫著回覆還是跳過，糾結的思緒眞讓人難受。不得不說，安慰眞是一件讓人討厭的事情，做得妥當，那是朋友之間默契十足、拉近親密感；一個失誤，雖然出自善意，卻總會被曬在一旁，填充在我們之間的是滿載的疏離感。

「有時候眞的好討厭、好討厭，但我無能爲力。」

點開社群軟體，一如往常的在手機螢幕上指指點點，偶然會發現哪些朋友的狀態不太穩定，卻又不知道該不該問候關心，害怕自己的字詞會造成朋友的二次傷害，不但沒有幫助到他，更可能成爲最後的那根稻草。就這樣在前進與退縮之間游移。做人好難。

「你知道他們都回我什麼嗎？」

「『還好嗎？』『發生什麼事情了？』『怎麼了？』如果這些都是很好回答的問題，那該有多好？當下根本不會想要說什麼，連解釋都懶惰，反而讓我的心情更糟。」

有時候會覺得，這個資訊爆炸的時代，演算法會告訴你只能看到什麼，又必須避開你不喜歡看的，直接安排得妥妥貼貼，竭盡全力對你的胃口，感嘆連資訊媒體都比你還要會做人。

「這還不是最糟的。最糟的是，他們對我生氣的原因做出各種理性分析，我才不需要他們的幫忙！我現在一點都不想要討論！」一定會有個誰，在你只想抱怨、只想得到應和的情緒下，傳給你的是一連串的理性討論，論誰都會想把手機丟進回收桶。不過你不能生氣。因爲你知道那是他人的好心，就如同自己的好意，害怕釋出之後對方的不領情。究竟爲何渴求被安慰的同時，又希望別人能符合自己的期待？這不是當事人雙方的問題，這些無意間造成負擔的關心與付出，沒有誰是錯的，只是之間多了些誤解與時間上進程快慢的不同。

安慰是種關心的表現，也是白目、惡意傷人的藉口。

如果宮廷劇看多了，大概也會讓看似平庸到極致的安慰，變成殺人的工具，令人憎恨與噁心。我自己也常常會聽到朋友間的怨言，抱怨著爲什麼那些堪稱安慰的詞語可以這麼不打草稿的被送出。這與批評不同，這是把滿滿的惡意包裝成安慰，當事人有意識無意識都好，總之傷害是造成了。

不過通常都是我在質疑自己。我過度恐懼在他人看待我的安慰的眼神，有時候怕得身體顫抖，猜測傳出去的訊息，是不是有眞的被正確的意會，猜測他的感受是否有因此好轉。做人好難。

口口聲聲說著要有同理心，卻不知道什麼時候才會眞正替對方著想。總是有種「還不夠」的感覺。只能練習、練習、再練習，沒有誰與生俱來就有純熟的技巧和能力，我也一樣。永遠都會知道大概要怎麼做，卻也不知道自己是不是也被如此對待。安慰是良善的嗎？當我開始探究安慰的好壞、開始猶豫該不該安慰時，我是不是再也沒有安慰別人的能力了？

不過我應該要認清，不管是好心、失誤、惡意，最終結果都不是掌握在自己手上。

06 我也一樣

「有時候眞的好討厭、好討厭，但我無能爲力。」

最近剛翻完一本書，對，翻完。

讀懂一本書有時候對我來說太困難，走馬看花似乎會讓事情簡單一點，畢竟我追求的只是一種感覺。說起來好膚淺。讀書是不是一定要理解，才叫做有意義？那假設我只是需要陪伴，希望可以在生活裡站起來繼續向前，不想要有任何的解釋與思考，這樣也算是有意義的嗎？

翻找某些關鍵字詞句：關於溫柔、關於勇敢、關於噓寒問暖到平凡日常的語句。從來沒有想過要向它們妥協，把自己關進房間裡，一段又一段的在心裡磨呀磨呀，然後把它們扔進一些既有的分類裡面，以示自己向喜歡、厭惡妥協的過程。最後只是感嘆一句：「啊！我一定是溫柔浪漫系大男孩！」逕自在可愛風潮的邊緣線上過過乾癮，儘管我根本不可愛。

日子會消耗在文字裡頭，才不是爲了成爲一位稱職的文青，我從來不覺得我能夠有那個本事擔起這個稱號，也覺得交給別人都比我要來得適合（大概就是你從沒看過我邋遢的模樣，連我自己照鏡子都會害怕）。但若要說我是文青，我無話可說，不過並非我做這件事情的本意。幾樣特定的行爲被很自動的與文青連結在一起，被無意識的集合成一類，這算是社會的刻板印象，也是文化演化的節點，我也無話可說。

寫字的人長什麼樣子重要嗎？每天在鏡子前一件換過一件的試裝，養成打理好自己的習慣，其實有時候好痛苦，但我的分類是溫柔浪漫系大男孩！不然再說說自己要變成假文青感覺也快活一些。我才不會以作家自居，我不夠格也過於自大，寫字的人長這樣就好，膚淺、表面一些也好，畢竟這是生活的環節，虛華也是一種美，對自己也沒有不好。我是這麼催眠自己的。

不如乾脆爲文青做一些定義與註解，我就不用照三餐煩惱文青的模樣。例如：文青就是白天出沒咖啡廳、傍晚關在書房裡兀自一人；文青就是音樂要達到ㄑㄧㄡˋ（chill）的境界，太芭樂的先不要，雖然我聽不懂獨立音樂；文青就是到哪裡都要手寫記錄，只能手寫，電腦打字都不行，難怪我是寫字的人；文青就是國華街逛著逛著，要用lomo濾鏡拍張街道滿是人類的限時動態，標籤寫著在台南吃甜甜，日子甜了起來：

「甜滋滋的（表情符號）。」回覆通知毫無意外的跳了出來。

練習一筆一畫刻出生活的形態，筆記本塡滿有關無限分類的文字，把生活揀選進每一個設定好的模式，它們井然有序的排列歸類，需要時直接抽出來服用，迅速簡潔；有時把過去翻過的書拿出來，撫摸那些曾經眷戀的氣味，靠近聞一聞，回味當初我腦海裡讀這些油墨時所浮現的畫面，在記憶裡徘徊。

每個狀態都有一個分類，必須在一個框架內活動，成爲一種呼吸的技能，要爐火純青才有能被看見、撼動世界的一天，如此靠近、如此親密。但總會有無能爲力的時刻，嘆息溫柔到底有什麼用？還不都是徒勞無功。讓生活看起來很好是活著的證明嗎？所以當自己露出不好的那一面，人生就崩壞到低谷深淵嗎？

懶得再多想一些對於人生的思考，我現在只需要一些安慰，尋求共感下的呼吸器，幻想我理想中的生活終有一天會到來。有時候挺喜歡這樣夢幻般的氣氛，太美好、太容易忘記痛苦了，我其實也不太曉得這樣到底是好是壞，但總會有個出口的。雖然講太多胡話總會撞到牆，但有些事情就是値得執著，說服自己要躲進黑夜裡練習與世無爭，讓自己能夠輕易的被塡補。

我也一樣免費。

我也一樣免黃。

那些我所厭惡的
2020.05.02

書的味道

喜歡。無論喜歡什麼，都必須賦予理由，至少一個，最多無限；如果一時半刻說不上來是什麼原因，那也會被貼上「還沒找到」的記號。

從小我就有個習慣，每次拿到印刷物，都會很在乎它的觸感，在紙的邊緣輕輕撫摸，是平滑輕柔、還是粗糙有致，都影響著我當下的心情；也在意它的味道，喜歡紙的味道多過於油墨一些，週刊雜誌、散文、小說，只要是我可以觸及的，都不放過。知道它們用紙不同、印刷方式不同，就會有不同的結果，不過喜歡就是喜歡，我也沒有特別多想。

拆開新書的封膜，我仔細打量著書的紋理，下意識的翻開至任意一頁，舉至靠近鼻息之處，深深吸了一口氣：「好像是小時候看《國語日報》的味道。」記憶深處連結的是小時候在悶熱的房間裡，翻著大面積的報紙，卻一字一句都讀不進去。恩，回憶過後，再告訴自己，這是另一本書，不是《國語日報》。如果我聞不出那似曾相似、曾經熟稔卻無法想起的味道，那就等會再聞一次。像是在進行一種辨認的儀式，那麼特別又不可或缺。

通常我會多聞幾次，聞它們是剛從印刷廠出來、還是被擱置在書店已久，那不知是否歷經興衰的氣味；翻翻其他頁，再聞一次，這次會不會跟剛剛的味道不一樣？我也不懂爲何要這麼做，就是喜歡。

抓著書，在空中晃一晃，讓書頁鬆一鬆：「此刻它正在呼吸」我是這麼認爲的。

※

「欸！你幹嘛要對著書做這些奇怪的事情！」有很奇怪嗎？

我是不是應該要躲起來做這些事情？但它明明不會傷害人、也不會造成任何困擾，也不是說多麼傷風敗俗的事，爲何需要迴避？基於禮貌性的考量嗎？我也沒有要邊做這件事情邊與誰打交道啊。

「書很獨特，有它自己的氣味，你是不是沒有聞過？」想要試試看嗎？

「誰想要跟你一起做那些奇怪的事情啊！」

是我太奇怪、還是你看不慣、不喜歡的事情都叫做奇怪？我就這麼被冠上一個「奇怪」的標籤，上頭寫明我喜歡聞書的味道，聽起來也不是說太怪異，只是原來這樣的事情是奇怪之一，這倒是我不能理解的。

伴隨著他人認爲的「奇怪」而來的是各種質疑的聲音：「爲什麼你要這麼做」「你不會覺得很奇怪嗎？」「隔壁的會以爲你有病欸」，順帶的會利用別人的眼光給予施壓，他們會漸漸將自己掩埋在一個無法呼吸的空間裡，逼迫著自己改掉「奇怪」。

曾經我以爲觀察別人的行爲是件有趣的事情，卻沒意識到被觀察的時候，卻是別人不斷在自己身上記錄著「奇特怪異」的符號，那些單倚靠解釋是無法被撤去的符號；我以爲觀察是一件有趣的事情，可以在花花世界裡找到與自己不同卻很有吸引力的存在，可惜他人觀察我像是爲了挑出一些毛病；我以爲觀察是可以讓自己變得有趣的事情，發現原來還能有許多種呼吸的方式，用不同的模樣活著，但我從來沒有想到，別人的觀察只是想以他的框架爲標準審視這個世界，註記不符合規則的人，批評也好、疏遠也罷，終將失去一點樂趣。

※

喜歡。無論喜歡什麼，都還是要給出一個理由、一個能夠說服大家的原因。不過有時候，他們要你給，卻並不是想聽你的任何解釋，只是單純在打賭你說不出來、或者你不該這麼做，所有你能說出口的理由都是藉口，不足以被認同。

我應該要迴避嗎？

我知道他們的竊竊私語不足構成傷害我的條件，我的視野全都是他們的表情放大再放大，他們質疑時皺到沒有空間再擺放的眉頭，猙獰而怒視、瞪大的眼神，還有那一張不斷在攻擊我、碎唸成性、無法停歇的嘴，同時一陣又一陣的噴出口水，我都微笑以待，也就更加放心這影響不了我什麼。

以前的人說書香、書香，是眞的喜歡書的味道，還是得到權力地位後能賺進大把大把的財富，最香的是那放進口袋的錢呢？這麼說是有點極端，只是我不懂對書的味道的追求爲何是奇怪的。小時候我從不覺得對書的味道做感覺、評論是件奇怪的事情，至今仍不渝。只是不知何時開始接收到他人的品頭論足，明明無礙於他們，卻仍需要被翻天覆地的口水，冥冥之中，彷彿有一部份的自己在這之中發霉，雖然不是很嚴重，卻也無可奈何、忽視不能。

既然提起，就表示自己在乎得很。我也不可否認。喜歡突然間被環境影響，硬是多加了躲躲藏藏的條件，偶爾懷疑自己是不是眞如他們所說的奇怪。想了想，那些頂多只是一種對現象的解讀與框架式誤解，從來都不是被喜歡的本質，哪裡還需要給出理由。後來我比較喜歡聞著書的同時觀察其他正在關注我的人，他們的表情已經不是有趣可以形容。

我對書的解讀，味道是其中之一，佔了很重要的成分。我最喜歡乾燥天氣裡的書本，尤其以曬過的爲最佳。文字敞佯在陽光的溫暖裡頭，讓人不得不跟著溫柔。些許放久、已經放黃的書，散發出討人憐愛的成熟氣息，證明它們依舊能有力的說服讀它的人。

我上次說某本書聞起來像是小時候難以吞嚥的《國語日報》，雖然是寫給兒童閱讀的報章，對當時的我來說卻是一種負擔，這樣會很奇怪嗎？還是會去聞書的人比較奇怪呢？雖然這都是我自己。

我反覆搓揉扉頁，不知道能不能讓指頭也沾染一些味道。

我也想要讀一些有趣、能快速、看得懂的文字圖片，那些比較容易進入情境，也不那麼艱難苦澀。不過小時候覺得會主動閱讀的小孩最乖、最有教養，因爲大人都是這麼教的，雖然那些東西眞的好無聊，閱讀成爲任務、寫作成爲考試。我還是比較喜歡聞書的味道，但大人說這樣很奇怪。「請問有沒有懶人包呢？」「跟著懶人包準沒錯」大人是這麼說的。既定現成都是最快速、最無害的，只要對著規則就好，自己不喜歡、或者本質錯誤都無妨。

只要對著規則就好，
自己不喜歡、或者本質錯誤都無妨。

書的味道
2020.05.19

同溫層過於厚重導致與世隔絕，才會在別人厭惡你的同時如夢初醒。

活著就是要追求最如意的生活方式，不斷在自己所見、有限的世界裡徘徊，認爲這是無比溫暖與安全的良善之地，也拉大了與其他不同聲音的距離，成爲了傷害自己的一把利器。不過挺讓人安慰的是，每一個傷害你的人也都在承受你所帶來的傷害，只不過他們可能有權、有錢、有勢，所帶來的是致命的固執、不顧理解。

在你想要試著跨出去與之溝通的交叉點，倏忽被所有惡意包圍，試圖消滅自己僅存的價值，那麼一丁點大小、獨一無二的想法思考模式。接下來就是一場無比艱辛的選擇，是要繼續面對而奮戰、傷痕累累，還是低著頭默默承受這一切？

所謂無知，眞的不是只有無知這麼簡單而已：他們會不斷出現，而你會開始告訴自己這是一種鍛鍊；所謂奮戰，眞的不是肢體暴力如此明白而已，但他們只會對你的一切行爲感到困惑與憤怒，認爲你只是長大了翅膀硬了，不過你終究只是個小小人物，他們無畏痛癢；所謂霸凌，眞的不是最一開始大家所認知的那種霸凌，他們都說這是關心，實際上只是關係的利用與情緒勒索。我們追求最高的境界，凡事都能進一步往上推，所有你能看見的，都在這個框架裡面滋生與蔓延。

他們想要控制你的方式有很多種。在你蓬勃發展的時候，試圖讓你長歪、強迫你長歪、攻擊你的脆弱、阻斷你的心血、最後被瘋狂貼上「爛草莓」標籤的眞心誠意，再來告訴你該怎麼活。呵呵。

他們又擔心、又開心的圍在你身邊，希望你改邪歸正。「昨天的自己與今天的自己是不是不一樣了？」「有沒有變得比較漂亮呢？」對他們而言，那是個必經的教育之路，他們就算從未修習過教育學程，也比你懂什麼是教育、比你懂這個世界的運作模式。「你覺得先有爸爸還先有媽媽，還是應該要兩個都存在？」「爸爸媽媽不能亡」「以後是不是爸爸媽媽就不見了？」「眞是不肖」「都不聽老大人講的話了，現在的小孩就是太自由」所以你得聽他們的，才是最光鮮亮麗的模樣。

這個世界才沒有友善空間，你終於釐清了這件事情。什麼同溫層、什麼最好的朋友，在你面前崩解，是他們樂意見得。那些你看不見的異溫層恨不得把你帶進一個絕望的密室裡，裡頭只會讓你看見他們的所思所想，不可有再節外生枝的能力。接著，再給你大把大把的心靈雞湯，催眠你這個世界本來就是這樣、其實你很好、是世界太糟、我們還要有希望、成功的背後總需要時間與堅強，但所有的一切依舊沒變，得到的仍是滿滿的惡意與傷害。

你說你快瘋了。

「不，」他們說你沒有瘋。

「你只是還找不到適合自己的時區。」

活得漂亮都是他們眼裡的漂亮，從來不會是自己。

活得漂亮都是他們眼裡的漂亮，
從來不會是自己。

一切都沒有變
2020.05.25

消失的假設句

曾經說著愛其所愛、厭其所厭，對於自己所喜歡的要認眞追求與把握機會；對於自己所厭惡的，勇敢討厭與說出自己內心的理由與感受。不過這些只是簡短的說法，事實上執行起來仍是相當困難。忠於自己並無不好，也不會有人覺得這是一種錯誤的信念。不過事事總不會順著自己，就算再怎麼固執、堅持，這是不能反抗的事實。

我很常在腦中練習許多假設句：「如果我……，就可以……」「假設我現在不……，就不會發生……」「那我改個方式變成……，是不是就能……」像是國小國語考卷上會出現的造句。然而，每個假設都有一個不變的信念，那就是「做自己想要做的」。

做自己就是傳說中講得很輕鬆，一旦做了就是沒了朋友、沒了工作，當然還是有少數中的少數是能倚靠做自己成功登上巔峰的，不過先別幻想了，那都是別人。

「雖然你說的『愛其所愛、厭其所厭』是我很想要達到的目標，但有時候真的無法做到把討厭說出來，甚至覺得那是一種傷害人的方式，很難達成。」當有人這麼告訴我的時候，我並沒有過於意外，反而能找到許多知音：原來也有人想要這麼做，跟我一樣。

不過還是得要再強調一次：做自己並不是百分之百的順從自我，反而需要一點調配，需要一個最中心的想法、理念，貫穿生活的每個角落，才是真正的做自己。光是要讓每件事情都吻合自己的信念，已是難上加難，更不可能談到順從自我的部分了。

每一個人都會擁有的就是麻煩與困擾，沒有他們，就沒有生活。時常我們會屈服於困擾，覺得先過了這關再說，便把自己喜歡的排除，讓那些討厭的在身體四處徘徊，更糟的可能會悶壞了自己，並且讓自己離理想越來越遠，現實與殘酷越來越近。

我們慢慢的穿上那些自己不喜歡的包裝，使盡全力把笑容擠出來，在世界各處尋找生存的機會，而那些說不出口的討厭，就只能埋在心裡，放著可能發霉也可能腐爛，成爲最想割捨卻排不出來的痛苦與難受。

難道這眞的是自己想要做的嗎？「如果我……，現在是不是……？」開始發作：如果我當初多努力一點點、多說出口一句話、多爲自己跨出一個小腳步，現在是不是就不必忍受滿載的惡意與傷害？如果我不那麼害怕、不那麼恐懼，現在是不是今天就不會變成傷害他人的幫凶？

「如果什麼的，看起來一點也不需要，對吧？」在眼前擺動一點好處與利益，催眠、催眠、催眠。每天一步一步向前累積，終於走到了懸崖的邊緣，此刻還得口口聲聲高聲呼喊著山嵐的美麗、川水的清澈，歌頌著這個世界從來都沒有缺點，一切都美好如夢境，一切都不會再更糟了，一切都會好起來的。

這是你想要卸下的包裝，卻時時刻刻穿在身上。

這是你想要卸下的包裝，
卻時時刻刻穿在身上。

消失的假設句
2020.05.29

畏光

我算是近視很晚的人（寫完這句突然意識到原來近視自動被我分了早晚），在我們這一代，近視像是每個人必備的技能。也不能說是多麼值得炫耀，我小時候卻總是羨慕別人可以戴上眼鏡，光是想到能夠擁有這些配件，就足以讓人想要近視。多麼病態的想法。

話是這麼說，我也沒有為此多做些什麼努力，近視就自然而然的到來。一開始醫生都還是會建議點個散瞳藥水，讓瞳孔放大，當時我不理解為何需要如此麻煩，不就直接配副眼鏡滿足我的慾望就好嗎？當然這樣的慾望說出口只會招來一頓斥責，長輩們普遍還是覺得眼鏡是醜陋的代名詞，戴上去就會讓醜陋表露無遺。儘管我當時是一點也不在乎，現在也是。

散瞳劑伴隨我的國中前段日子，每天上學像是見光死一般畏光，根本看不見前方，想要拚命睜大雙眼，卻抵抗不了陽光的威力，只能在縫隙中生存，我的世界瞬間縮小了一半多一些，難受之餘，還得要維持正常生活，只好瞇起雙眼，繼續在日子裡行走。

我總是因爲散瞳劑感到困擾，雖然他是醫生口中說的擁有良好的功效，能放緩眼睛近視的速度，但我老是因爲畏光而無法好好生活，那是種說不出來的苦痛，一旦抱怨只會得到「有人要你近視嗎？」「你電視不會看少一點嗎？」「沒有讀多少書，就給我近視，現在還敢抱怨！」。

眼鏡讓人看得清道路，但迎來的是長輩們的各種評語，舉例來說：「又沒有讀多少書，就學別人戴眼鏡，一定是電視兒童」「戴眼鏡多不好看，你已經回不去那個青春可愛的模樣了」「讓你乖乖點散瞳劑就不要，現在自食惡果了吧！要戴眼鏡了！」「現在好了吧！戴眼鏡你高興了吧！之後你就會知道有多不舒服」，一連串不停歇的品頭論足，彷彿戴上了眼鏡是一個天大的罪過。

國中的我不太注重外表，頭髮又長又亂，長了滿臉的痘痘也無所謂，唯獨遲遲不配眼鏡這件事情讓我十分不能理解，不過就是戴上一副眼鏡，眞的有這麼難堪嗎？以目標爲導向的我來說，不是應該要先讓自己看得清晰，其他都是第二順位？

就這樣一路長大，眼鏡配了許多年、換了許多副，也觀察了許多回，家中的老一輩還是覺得眼鏡是醜陋的代表配件之一。散瞳劑雖然能不必佩戴眼鏡，但畏光總讓人煩躁；眼鏡雖然能把世界看得仔細清楚，卻不能得到長輩的認可。一年又一年的長大，遇見很多事好似也是這樣發展的，小孩總不能懂得大人想要表達的，大人也無法體會小孩的感受，我們互相抵擋，不讓對方理解自己。

我拿下眼鏡，朝著鏡片呼氣，再用拭鏡布擦了擦。年齡層之間隔著一道透明的高牆，就算那是至親、那是每天都接觸的人，也都會存在。我們努力擦拭高牆，讓眼界更清楚一些，卻只能得到無法諒解的眼神；我們用力拍打著高牆，試圖傳遞一點聲音，對方卻只是無動於衷；我們嘗試體會另一端的狀態，卻毫無所獲。

不知道是長大太混濁，還年輕太單純，竭盡力氣想要看得明白這個世界旋轉的模樣，卻只能得到一片混濁的迷霧，是不是害怕我看見什麼？是不是擔心我發現什麼？

「你的眼鏡過於醜陋，先不要戴了吧！」

他們告訴我那過於醜陋，請我放棄清楚細膩的世界；他們說現在世界很好，光鮮亮麗，充滿希望，雖然我看不太清楚，但也不用太擔心；他們說我只需要一點散瞳劑讓眼睛放鬆，放鬆是好事；他們說畏光的生活是不錯的，世界看一半就好，看好的那一半就好。

他們說世界看一半就好，
好的那一半就好。

畏光
2020.05.31

#偏激厭世的礦泉水

在鬼打牆的生活裡，總以爲面對的是光亮的前程，眼前看見的總是一片光明，待到後來才警覺，其實光一直都在背後，我看到的那些，只是別人口中所認爲的好，其實自己仍在摸索、探究的都是自己的黑。

不曉得有沒有人與我相同，時常接收到身邊朋友的肯定，卻對自己非常沒有自信；時常被稱讚，卻不認自己有資格能承擔那個美名；時常被大家注意、想起，卻不認爲自己有這樣的能耐。我如此在焦躁中翻滾。

在鬼打牆的生活裡，發現完美是惹禍上身的罪魁禍首，他無法讓我安定的休息，在所有的躁動裡心跳加速、冷汗直流。從小就被教導做事要有始有終，要將事情完成，事情完成就要求必須做好，總是會更進一步的收到指示，不只求好，必須更好。

把生活過得很糟算不算做不好的範圍呢？追求的是完美主義、原則、大道理，把自己侷限在一個無法自由動身的框架裡，不斷忍受那些自己給予的壓力，活生生的將自己壓進一個無法逃脫的玻璃空間裡。如果沒有做好，就得要重頭來過，我只想要一次到位，其他都不算是完美。這是我的原則。

在鬼打牆的生活裡，總找不到繼續向前的方位，宛如隻身在茫茫大海裡載浮載沉。「你一定可以的！」「你才不會放棄呢！」「我相信你的能力可以達到目標的！」「你的能力這麼好，不會失敗啦！」我很明白身邊朋友有多麼看好自己、也認爲自己的表現並不會讓大家失望，所以我告訴自己不能辜負他們的期待，結果顯得自己更加迷惘。

好想徹底失敗個好幾次，連補救都無法挽回的程度，那到底是什麼感覺？好想放棄。

「多做多錯，不做不錯。」我開始拖延、開始逃避，我太害怕被看見脆弱，脆弱太醜陋、太偏執黑暗；我害怕一旦被看見，以前所擁有的就什麼也都不算數了。我開始喜歡不開燈的模樣，因爲這樣看不見前方、看不見自己、看不見眼淚。

我努力藏匿陰暗的尾巴，讓光不要直視它們，如此才得以安全，對吧？我依舊活在虛榮裡，我既喜歡又討厭那些鼓勵與期待，我可能會害羞的臉紅，也可能會害怕的想逃離，矛盾掙扎著。

在鬼打牆的生活裡，我放縱自己不去意識任何感受，不想讓他們影響著我，卻反而使我更加在意。我變得容易焦慮，時時刻刻都在注意著自己的一舉一動，也叮囑著自己要繼續在黑暗裡摸索，就算很困難也要假裝自己好像做了點什麼，畢竟別人都看在眼裡，他們都非常期待。

如果哪天在路上看見我，請不吝嗇叫住我，或許你會瞬間看見我的黑，在那茫茫人海的笑容裡。

或許你會瞬間看見我的黑，
在那茫茫人海的笑容裡。

鬼打牆
2020.05.31

第三章

傲嬌骨子的生理食鹽水

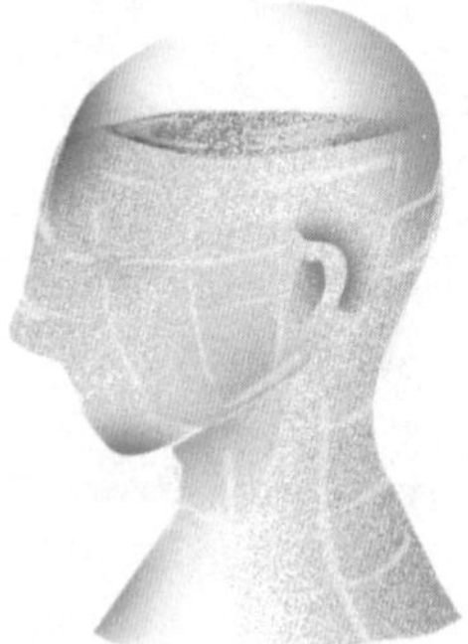

CHAPTER 3

故作堅強的撐著什麼
欲言又止了什麼

千萬不要

千萬不要以爲沒關係，認爲世界與你無關；千萬不要盲目跟從，沒主見的你會被世界遺棄，沒有你說話的餘地；千萬不要輕信謠言，你會無意間殺死一群無辜的人，也許這樣無辜的人是你自己，或是身邊的親人好友；千萬不要成爲無知，無知者並非無罪，只是晚一點被判刑；千萬不要放縱世界，否則你正在放棄自己，以後沒有人能夠幫助自己。

給世界極限放縱
是對自己最大的放棄。

千萬不要
2019.01.08

框架式誤解

對於沒有做過的、沒經歷過的事情加以框架，好像是難以避免的。該怎麼說才好呢？去年的同志大遊行，很多人會來詢問我要不要去、會不會去，而其中一人的發問，讓我印象非常深刻：「遊行不是都很亂、很變態嗎？你幹嘛去？」

對於誤解，我想是應該要寬恕與原諒，畢竟網路上充斥著「懶人包拼圖」，若要看圖說故事、扭曲事實相當容易，嘴巴也長在別人身上，要被曲解成遊行是撒旦的子民出來作亂的集會，我也不能改變什麼。

對於姑息與散播錯誤價值觀才是我最討厭的。

我很認眞的講解給那個人聽（已經不是朋友了，我想），遊行的價值在於表達自己的訴求、展現自我的時刻。同志大遊行本來就是一個表達多元聲音的遊行，但你只看見你想看見的，你只接收那些過於扭曲的。老實說，你並沒有去過現場，你不能完全知道是不是眞的如同懶人包上所講，而我並沒有覺得遊行中不會出現那些情況，但眞實的狀態我並不了解，難道就能直接把這樣的框框套用在每一個情況上嗎？我只能爲此感到非常無奈與難過。

有很多時候，都會被框框左右，想像眞的就是如此，不會再有變化了。但很可惜的是，大家都是人，人是最難搞的生物，如果能夠這麼簡單的被定義，實驗室裡忙得沒日沒夜的研究員就不需要討論各種奇怪的變項、警察抓犯人也不用這麼複雜困擾了，全部的犯人犯案手法都一樣了。

所以我只能說，如果你今天非常討厭一些事情、或者對某些部分擁有著既定刻板印象，請你先深入了解、好好去釐清並且「有邏輯的」整理與「獨立思考」。唯有深入了解，才有資格來論定喜歡與否，總不能說，連電影都不看，就洋洋灑灑亂寫影評，還沾沾自喜吧？

我想，沒有人喜歡被誤解，就像我現在努力的想要導正，我討厭你的那一個部份。

沒有人喜歡被誤解，
就像我現在努力地想要導正，
我討厭你的那一個部份。

框架式誤解
2019.04.25

語言組織障礙

「我有時候都懶得解釋，解釋好累，成效又不高。」印象深刻T講著這句時，眼神是多麼灰色與厭世，一副世界都會走向毀滅，不差這一時半刻的釐清。

把話說清楚是一件非常困難的事情，再加上我早已無法區別中文與英文文法的差異，簡直是直覺式的排列文字，將表達自我想法自動化，如果別人露出一頭霧水的猙獰臉面，就請他自助式的重組，我想他們都具備如此能力，儘管我對於這樣的自己十分困擾。

我想起某回生死課上，老師要求大家寫下，在悲傷難過時，會希望發生什麼與不希望發生什麼各十項。在不希望的那個欄位，腦海迅速閃過：我不希望被別人誤會我難過的原因。

胸口煩悶，像是排煙系統故障，那些積累的悲傷無法疏散，也難以言喻成我心中所想像的模樣，只希望不要再有任何人來檢討自己，或者被以錯置的悲傷理由安慰，頓時，我的難過成了纏綿於枕頭的髮根，有著孤獨的被拋棄感，卻不會被注意的遺留感，徒留滿是誤解的遺憾。

然而，誤會是繩子打結的開端，且就此沒完沒了的在無法控制的情況下，跟自己開戰。「已經夠悲傷了，不需要更多來虐待自己」，但事與願違，通常都不會如此簡單順利。這時會突然發覺，怎麼現實世界跟自己印象中的不同？怎麼大家的眼光好像都變了？他們是在笑我嗎？我剛剛有說錯什麼嗎？眉頭一皺，他們笑得更大聲了，咯咯般的發笑，你越緊盯著，就越陷入著急無助。

近期與同儕之間的交流互動，發覺我越來越不擅於解釋自己，剖析一下自己的言語，不像是難以理解的話語，卻仍舊無法被好好善待，甚至引來更多不必要的麻煩。有時會拚命讓自己回歸最原始的說話模式，將語句簡單化，最終讓我驚訝的是，我的難過並不是因爲被誤解，而是我說出口的隻字片語不被理解。

似乎無法與大家站在相同的頻率溝通，我們之間的橋樑建立困難，就算是一點觸碰也都費盡力氣，那樣的語言能力，使我掉入再也無法被理解的未來，無限的迴圈，我該如何成爲一個把話好好說出口的人呢？

「這些不是你的錯，你只需要善待你自己。」

我的語言費盡心思的，想要建構在他人的腦袋裡，不希望被誤會的難過，就也在此之後放不下來，如此渴望終將成爲負擔，會比悲傷更悲傷，誤解一環一環擴大。但其實不需要這麼辛苦的渴求釐清與了解，同理本身就是一件很難的事情，要同理了自己的難受，才有辦法說出那麼悲傷的過去與時刻，才更有可能被理解。

相對的，沒有人希望被誤會，悲傷的事情就先交給悲傷的自己，此時此刻只要好好的善待自己，也必須相信就算身邊的朋友不懂，也永遠會支持著自己，只有自己先了解自己，往後所面對的種種也會坦然。

後來發現了，表達本身就是一件難以修煉的技能，也需要些天賦來支持，偌大的世界裡，誤會已成必然發生的事情，那就對自己好一點吧！語言組織不了的自己，就留給自己去欣賞，此刻的自己最溫柔、最眞實，也最美麗。

語言組織不了的自己，
就留給自己去欣賞，
此刻的自己最溫柔、最真實、也最美麗。

語言組織障礙
2019.05.20

國中、高中時期，總是要很早起，對於一個從小就過著藝術家作息（作息很亂就大膽承認，硬是要為自己冠一個看起來有點厲害的名詞）的我，難以在鬧鐘大鳴大放時準時離開床鋪，我做不到，更有可能連鬧鐘的聲音都聽不見。每次都得要死拖活拖才肯讓屁股離開軟棉舒適的床。

老師最喜歡在每天的早自修安排各式各樣的任務，與其說是任務，坦白一點就是考試，轟炸式的進攻每個人的腦袋，必須在起床過後沒多久就上戰場與之廝殺。每天的戰場都不大一樣，黃卷、白卷、甲乙丙丁，通通不放過。

按我如此乖寶寶的個性，當然會好好複習，在腦中盤旋考試範圍的內容，才有信心面對這樣的戰場。但我的作息常讓我腦袋昏昏沉沉，所以通常會利用通勤時間閉目養神，闔上眼皮默念考試內容。

早上的通勤都是我爸接送，習慣性上車繫上安全帶即進入休眠模式，我知道我在移動、卻又像是不知道我在移動一般，迷糊的狀態下複習，讓腦袋來一場障礙賽。爸爸常會把廣播電台轉到播報新聞的頻道，那種整個小時都在播報新聞的頻道，字字句句鋪天蓋地而來，彷彿被逼迫著要一字不漏的塞進腦袋裡。播報員的聲音在我耳裡聽來平板無聊，再加上都不是我平時會關心的事情，更加沒有興趣，雖然如此，我仍會不斷分心在注意播報員那單調的語音，干擾各種腦中思緒。

我超級不喜歡聽白天的電台。

新聞台的廣播十分惱人，時而遇上口齒不清晰的記者，內心的怒火油然而生，花了更多的力氣注意記者到底想要表達的是什麼，一刻都無法安心的休息。

好不容易抵達校門，終於要開始早自修的戰鬥，所有思考想法都被新聞佔據，它強硬的霸佔了我所有能思考的空間，明明現階段要考慮的是數學該使用哪個公式，飛出來的解答清一色都是哪個政治人物的失言、哪個藝人明星的緋聞、哪個企業大老闆做出的最新決策，對當下應當要煩惱考試的我而言毫無實際價值。

忽一恍然大悟，發覺我並不是被考試狠狠的對待，而是那些碎片般的新聞，阻擋了我思考的出口。一度厭倦了電台新聞，偶爾還會在考試時間點想要釐清訊息的正確性，是否有被加油添醋。有時我總分不清到底是眞實的中立，還是只是表面的模板，隱含了更多的立場發言。

完蛋，我的自然科理化沒有一題會寫，明明課本上的公式引導都簡單易懂，自己卻完全不知道該如何使用，像是每個都通、每個都不通。

比起新聞頻道，我更喜歡聽音樂頻道，整點時刻會有約莫十分鐘的新聞快訊，簡單扼要，有時還能省略不聽，待到旋律出來的那一刻，讓自己被音樂幸福的包裹。這樣的幸福感，像是從逃避面對一些現實中得來，不願探究那些枯燥乏味的議題，不想理性的分析所聽所聞，那些都與自己無關，對吧？

爲什麼每天早上都要在最艱困的時刻，尚未清醒的狀態下，將那單調無比的字詞塡進大腦中呢？爲什麼不要聽一些重點大綱即可？做人明明可以輕鬆、生活一派自如，卻要苦苦逼迫自己？

英文聽力測驗時，腦海中浮現的是新聞節目的開場曲，眞是受夠了！

抱怨歸抱怨，我也不太會自己手動去切換頻道，任由新聞播報員以輕快的語速，對著我進行一連串的資訊灌輸。因爲我很清楚，當我不了解事情的來龍去脈，就沒有什麼資格對其議論紛紛，也找不到能穩住腳的論點來進行討論，與沒有認眞讀書，就很難考得好的意思差不多吧！

國中的我，說起來好像不用知道這些的。但又礙於自己性格偏執，不想輕易被牽著鼻子走，認爲知道了，就會有自己的想法，不必一味跟隨他人立場意見。若只因爲自己沒有做足功課、得到足夠的資訊就得隨波逐流，活著也太不値得了。

終於我在收卷前寫下最後一題的答案，好難、好難啊！我根本忘記我寫了什麼。

依稀記得，那陣子出於好奇，順勢模仿了廣播主持人的語調與速度，想一嚐電台主播的滋味，聽起來挺容易的吧！但要在短時間內將一段理性的稿子通順帶出實屬不易，更可能讓自己主觀的感受隨著抑揚頓挫顯露無遺（但很可能是我功力太弱）。這大概是使我繼續聽下去的另一個原因吧！

常常在想，有義務身爲一位閱聽人，竟因煩躁而對新聞媒體生厭，說起來挺不好意思。如此到底是無法獲得新的資訊，同時不想被立場綁架，不甘願對世事一問三不知，只好硬著頭皮去接觸更多的訊息。所謂乖寶寶風範即在此展現，盡到公民課本上所說的閱聽人素養（寫到這裡，感覺像是理想好公民一般。不，我至今仍覺得好難、好難，跟聽完電台後接著寫考試題目一樣困難）。

我還是很討厭聽新聞廣播。

還是說，長大好難？

新聞廣播電台
2020.04.26

或許我的成熟在別人眼裡是幼稚

朋友J那天要我幫他看一些正在做的計畫是否完整妥當，內容不外乎是羅列一些籌備架構、注意事項等，第一眼看到標題及一些主要內容，當下內心笑了出來，怎麼會想出一些自以爲有趣的活動呢？那些看起來的有趣頂多都是我眼裡的幼稚，甚至認爲有太多想法都是天馬行空、不可能會成功的設定，並且只想要跟他說：「這眞的完全不可能，請你別想了。」我的眼角都不自覺上揚。

不曉得其他人是不是都跟我一樣，認爲某些行爲是幼稚的代表，當他人做出此類動作、出此類口舌，都會下意識的歸類在幼稚裡頭，甚至會把自己臉部用力皺起來，表示自己的大不同意，或者微嘲諷的請他們離開自己的視線範圍。

就在這個當下，我又會問自己一次：幼稚的定義到底是什麼？難道我不幼稚嗎？

找到教育部辭典上的解釋，形容知識淺薄、思想未成熟、或者缺乏經驗。不知不覺的會把自己代入如此的框架，感覺與自己挺相同的。若從年紀方面來看，幾乎是每一個人都幼稚，當你終於長大到某個年紀，發現永遠都會有人比你要來得年老，驚覺沒有一刻是眞正的成熟；若從經驗來看，總會有人比你更早一步達成目標，永遠都像是步上後塵的追趕，向後看覺得他人幼稚的同時，自己也是幼稚的那個人。最後可能是以幼稚的程度來做比較，無論是自己與自己相較、或是人與人之間的差異，造就一個幼稚的世界與一群幼稚的人類，看起來也是挺有趣的。

J一見我的表情，急切的關心到底怎麼樣了，是好還是壞。我沒有直接說出幼稚的感受，還是很詳細的把幾個主要的問題挑出來，其他就是讓朋友自行修改，但我還是有種「怎麼會這麼做」的想法埋藏在大腦裡。

等等，他怎麼會是幼稚呢？有時候不得不承認那自以爲是的優越感有時還是會跑出來的。令人傷透腦筋的習性。不過這樣算是成熟嗎？

「你怎麼可以這樣？」大概就是最常聽見的；「這一點都不好。」否定詞出現；「沒有人是這麼做的。」我在模擬許多情況，當成熟與幼稚之間的產生對話，那會是怎樣。又或者說，它們之間是不可能擁有溝通的？

人生一關、一關的，慢慢的走過，一定會遇見許多人，而同時觀察他們的一言一行，在內心偷偷記錄每一個人。相對的，自己也身在一個被他人觀察的世界裡，我一直都很害怕別人覺得我是個幼稚的人，每當我覺得自己夠成熟時，在別人眼裡總還是像個小孩。又或者說，我自以爲是的成熟顯現了我的無知、幼稚的一面，然而不自知。

有時候會想把成熟跟很多面向做連結：通常我覺得成熟的人有很強烈的魅力，本質上透出一道強烈的光芒，同時兼具最巨大的沉默；當然也有一個面向，是被長久累積的「自以爲」寵出來的，可能已設定好既有的框架，無論是誰都無法打破的原則，必須按部就班，不可多一分、也不得少一毫，否則都是幼稚的表現。

後來我也才明白，那些自以爲都不是成熟，頂多只是優越感作祟、或者價值觀的僵硬不可伸展。如果我是J，我也會期待收到一點實際有效的建議，但是會想要拚命維護自己的想法與創意，那是別人沒有、也不可剝奪的。曾經希望許多人能多給自己一點機會，在有限的空間裡，創造無限的可能，這不是每一個人夢寐以求的嗎？當我想要努力去爭取這些機會的時候，卻不能夠前進，連一點認同都得不到，只能按照既定模式行動，那該有多麼沮喪？

最後J告訴我，他保留了原本基底的架構，再修改一些細節，加入一些我的建議。J說他很喜歡這些建議，我其實不知道要怎麼說，但或許在他的眼裡，我給的建議也是很幼稚的吧！那些自以為是搞不好就是幼稚的替身也說不定，他也在內心「噗嗤——」的笑了出來。

或許我也活在別人的有趣裡頭，渾然而不自知。

或許我也活在別人的有趣裡頭，（渾然而不自知。）

或許我的成熟在別人眼裡是幼稚

2020.05.18

渴望

渴望是目前沒有卻想要擁有的產物。它流竄在身體的各處，會不定時的出來探頭探腦；而當你終於滿足了渴望，會有下一個接替上來，源源不絕、循序不間斷。然而，當渴望的是心靈上的支持與寄託、要求，相較物質等生理性的慾望，便顯得困難許多。

01

你是知道的，我們太容易厭同一種生活模式，每天循環反覆，一點變化也沒有的呼吸著，是厭倦、是疲乏、是膩了，需要一點新的刺激來活化自己的筋骨。我們太恐懼於制式化的規範與生存框架。

時間軸被拉開，仔細分類每一天的生活，把基本的行程配套歸成一類，又把幾個比較特殊的狀態分成幾類。會瞬間發覺有太多時間都在重複一模一樣的事情，該怎麼做就怎麼活，像是一套十分標準化的生活參考書，按部就班的昨日一次、今日一次、明日再來一次。

我們渴望跳脫這樣的框架，卻又希望可以把自己牢牢的關在裡頭。

02

你是知道的，我們會選擇放棄來逃避一些無可奈何或不想面對的問題，這彷彿是每個人內建的反應機制，我們直覺的想要做出這些決定，絲毫不需經過大腦的思考。

我們太渴望麻煩都不要找上自己，請麻煩不要過來，不過很可惜的，麻煩總是會自己找上門，沒有誰是躲得過的。更糟的是，費盡心思的處理麻煩，結果卻不是自己預設的那個狀態，甚至完全偏離了自己所想要的軌道，多麼不堪、多麼無奈。對著麻煩生氣無效，最終只能檢討自己是不是不夠用心、是不是自己哪邊做不好，畢竟我們處理的是麻煩。

03

然而，你也是知道的，我們沒有辦法從任何一個人身上得到完全的無條件正向關懷。這是我們不斷渴求的狀態，爲此努力生活，卻永遠困在理想與現實之間的落差裡，那是種痛苦又無法自拔的悲愴。

我們想要找到屬於自己的安全地，安全地裡沒有任何人，可以盡情的、大聲的說著自己內心的寂寞、不敢被別人發現的黑暗、還有那些覺得不會有人理解的悲傷。雖然我們不想要被發現，卻同時又想要找到一個人陪自己說說話，希望他能懂從自己口中說出的、那支離破碎的話語，沒有組織可言，卻仍舊冀望他會懂。

不過，眞的很抱歉，沒有誰是眞的能理解誰的，每一個人連自己都無法認識徹底，更何況是了解他人。有時候我們眞的太想要得到關心、同理、陪伴，卻忘記我們自己也可能是對方的依靠。偶然發現我們每個人想要的並沒有不同，或許自己是有能力面對這些渴望的，當自己願意付出一點眞心，也能得到一些眞心。

※

我們都習慣把渴望放進心臟的最深處，每當心臟跳動，渴望就隱隱發作。我們討厭重複的生活，卻又習慣於重複；我們討厭麻煩，卻又習慣處理麻煩；我們討厭憂傷被聽見，卻又習慣渴求眞心。

渴望是目前沒有卻想要擁有的產物，但或許我們都習慣於渴求，或許我們早就擁有那些渴求。

我們都習慣於渴求，
或許我們早就擁有那些渴求。

渴望
2020.05.31

#傲嬌骨子的生理食鹽水

關於愛情

有時候我們把愛情看得像便餐，在講求腳步要快的時代，簡單迅速的用餐，卻無法眞正慢下來享受；有時候我們把愛情當作是解藥，以爲一旦踏進了戀愛的圈子，就可以無止境的把最糟的自己投進其中，卻沒有考慮愛情是否能夠負荷；有時候我們把愛情認定爲等待，只要苦苦付出，一定會得到相對的答案，

可惜通常都不會是這樣。

可惜通常都不會是這樣。

關於愛情
2018.04.06

曇花

愛一個人，往往會希望他也愛你，彼此對彼此揭露眞心。

最近讀了一些文字，不外乎是抓感覺或者找回一種屬於自己的靈魂。我很少跟人提起自己，頂多是三兩句帶過，但我很清楚，對方要的是什麼，我要的又是什麼。

但這樣的模式在某些人身上卻又行不通。我身陷其中，想要讓人懂我，你說滔滔不絕也好，你說我囉嗦也罷，就只是想要有個人懂我，甚至是對自己喜歡、愛的人也是，總會希望他給點什麼，一句話好像就能滿足當下的我。

不過事實上並不然，他眞的無法滿足你。

他也很明確的告訴你，他想趁年輕有本錢，好好的周遊周遊，就算他一生的本錢只剩這麼一次，也在所不惜，簡直就是宣告你別再浪費時間。

原來他眞的只是你的愛，卻無法給你愛；原來他眞的只是過客，在你身旁讓你難過的客人；原來他很清楚自己要什麼，變得像是自己不認識自己了；原來他不是不能愛，只是現在不想愛，也不會愛你。

原來他寧願成爲曇花，也要美於一時。

我們的後話就是：他還是好好的，就如同你也好好的坐在他對面，輕輕把持著那皮笑肉不笑的悲傷，眼眸裡全是提醒著自己應當要看透的灰色，從此眞的不要再愛了。

曇花有時候不美，只是因爲他開始放棄去愛這個世界。

曇花
2019.09.04

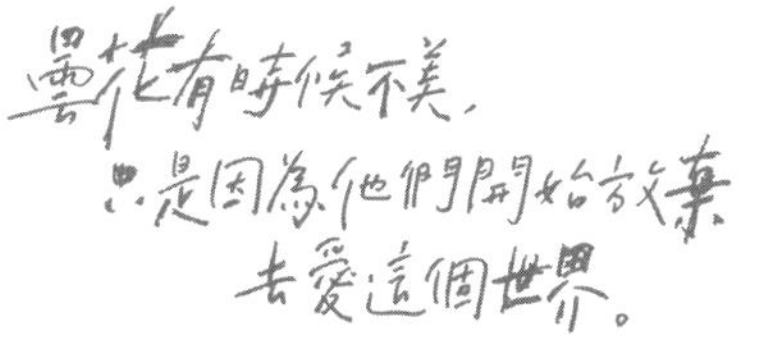
曇花有時候不美，
只是因為他們開始放棄
去愛這個世界。

眞心很好

在愛情裡，不禁會多想一點，例如要付出多少的眞心，才是對自己好、也爲對方好？還是乾脆把完整的自己掏心掏肺的坦露在他面前，變成一種溫柔，不管對方有沒有意願接住我，才是對的選擇？

若以我爲例，在愛情裡，我總是一場糊塗的，專門用著眞心，弄糟所有情況。我所認爲的受傷，也就是這麼來的，然而我也如此傷害別人。那些太過於溫柔、太過於沉默的眞心，其實是不需要時時刻刻被拿出來展現、磨練的，人對於眞心，必須花上許多心力回應，他可能變成了一種負擔；相對而言，掏出眞心也費盡力氣，掙扎於相互對應下，彼此都無法成爲依靠，後來兩敗俱傷。

眞心很好，一半用來給予，一半用來承接。

真心很好，
一半用來給予，
一半用來承接。

眞心很好
2019.03.01

「我有著煩惱，一種不能被說出來的煩惱。」我就是如此，時常在心裡默念著，並可惜著，這些煩惱無處安放，還有無法安放的自己。

每當挖掘到一點自己，那個心底深處最難以碰觸、也不敢接受的本色，就趕緊躲起來，讓別人找不到我，像是在與世界躲貓貓，也拚命想要卸下那些內心的念；又有時候，會希望有人能懂自己，在說不出口的同時，這般煩惱卻無處可去，矛盾的想法硬生生的佔據腦海，最後還是會拚命的告訴自己：「這些都不能告訴別人，都不能說，絕對不能。」

我們拚命的去窺探世界，咀嚼百門學科，用盡力氣探索未知，但人總是避諱談論自己。有些人覺得不夠認識自己但也不想認識；有些人不想找到最眞實的自己，也不怎麼願意認眞去追尋自己；有些人甚至是完全不認識自己，也覺得不需要有自己。

因爲我們都知道：脆弱的自己一旦被發現，就再也不好了。

這些煩惱無處安放，
還有無法安放的自己。

煩惱

2019.09.11

有段時間，有篇關於「自己的時區」的文章被眾人廣傳，甚至是被引用到考卷中變成閱讀測驗，講述著每個人都擁有自己的時區，不用羨慕別人過得幸福美滿，只是時日未到。

轉換層面思考，這個現實社會是否眞正容許這樣的時區概念存在？還是那只是用來安慰自已的其中一種說法？這一直以來都困擾著我。

過去一年，最常遇到的事情是，當有人需要我拿出自己的實力時，我發現我什麼都發揮不出來，更覺得自己僅存空殼，內在被極致掏空。寫不出文讓我有著挫敗感，詞窮與文句不通順一起來，上下文無法連貫，內容無法言簡意賅，冗言贅詞滿溢，到想振作的那一刻都前在自暴自棄。

要我展現專業能力，但我沒有，似乎直接被世界淘汰，哪裡來的時區之說？現在我看不見你的好，那是不是就一輩子好不起來了？社會越來越強調速度的同時，有辦法連能力都是速度嗎？比誰快，誰就先存活。

努力的同時藏著懶散，自己最能了解自己，不需要再找其他的方式來轉移自己的注意力，最後會發現照著自己的步調走，把社會時間內化成生理時鐘會讓自己趨於疲憊，乾脆就好好生活。

世界很黑，但黑色是很好躲藏的秘境，沒必要害怕黑色。而我也認爲世界其實很溫暖，只是更需要包容。

「當我發覺各處都是黑暗時，就沒有人需要亮起來。」

從前說出這段話時，內心是百感交集，這是一種自我療癒，也是一種自我逃避。樂觀的想法不會永恆的給你力量，會膩、會倦怠，難怪厭世當道，看著一句句能夠挑起自己邪惡的，才是最吸引人的安慰劑，雖然過多了也會麻痺。

然而，時區論並不是我最喜歡的說法，我只相信每一個的價值在世界上都是永恆的，只在於我們自己如何對待。

每一個價值在世界上都是永恆的，
只在於我們自己如何對待。

永恆時區
2019.01.14

不曾平凡

怪裡怪氣的，渴求著特別，卻也排斥特別。

前幾次陪著朋友去買衣服，同樣款式有著多款顏色，看上去都是些耀眼亮麗的顏色（黃、桃紅、橘等），朋友說著：「我同學們的穿著不外乎黑灰白，基本上再也看不到彩度更高的顏色了」，論風格，是相當不錯的，從裡到外兼備低調穿搭，然而朋友補述一句：「所以在班上穿太亮眼的顏色，都是首當其衝被老師點名回答問題的。」

那我不就常常被點名？我內心驚呼。

榮登最愛顏色即是黃色，恨不得所有都往黃色系發展，如今卻成爲了最顯眼的目標，到底是該開心還是難過？這又讓我想起之前在公車上，因爲手提包上一個彩虹小別針，就遭受他人眼光。當天只急著要到附近診所掛病號，治好我難熬的感冒，戴著口罩與耳機，上了公車靜靜的站著等待下車。連如此不打擾他人的我，也能遭受此般對待，更讓我去思考我要的是什麼？而我該用什麼方式得到？

在他人眼裡，就成爲他眼界裡的突兀，但好像沒必要讓自己承受突兀，我就是這樣的我，不需要迎合別人。我沒有逃避的理由，問心無愧的，我想和平的景象都被說成是恐怖動態平衡，而實質上誰也沒干涉到。

不需要過於急切的去證明自己趨於平凡，只要還會呼吸，我們都是獨立個體，有著獨立的腦，實踐自己終將發現任何人都不曾平凡。

我們都是獨立個體、有著獨立的腦，
實踐自己終將發現任何人都不曾平凡。

不曾平凡
2019.01.21

「你沒有打開，怎麼知道好不好？」開罐頭前的我是那麼的不安，仔細審視著罐頭包裝上，密密麻麻的語言，像是裡頭的鮪魚是用文字加工成的。65％的鮪魚、30％的橄欖油、5％的鹽，似乎沒有問題，不會出現像網路上成群Youtuber開箱的鯡魚罐頭那樣臭氣沖天。

看似在乎安全的，說句實話是發覺自己總是害怕失敗。過多未知恐懼主宰著決定，封閉了嘗試的動機，甚至給自己不去行動的最佳理由。這樣的恐懼來源很多，對自己沒自信是其中一項。

如果我沒有了橄欖油般的純度，是不是沒有能力去達成任何事？如果我沒有了高品質的鮪魚，是不是就無法做好任何事？如果我缺少了那5％的鹽，我是不是會覺得連邁開第一步，都那麼困難與掙扎？

罐頭會說的語言，我聽不懂，但它叫做罐頭，翻譯起來，意思是「可以」

（can）。其實沒有什麼不行的，既然決心打開罐頭，就想辦法告訴自己，你是可以的。

在摸索著未知時，害怕總會塡滿所有思緒，不過並沒有這麼可怕，給自己自信，世界在轉，時間在換，證明自己可以。

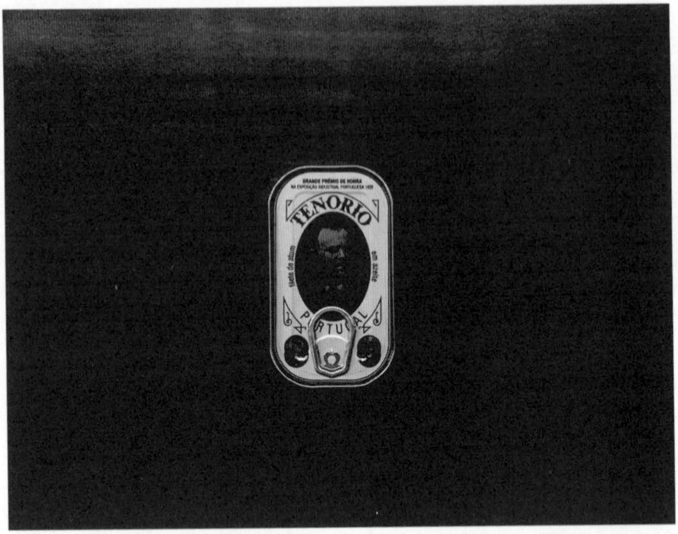

世界在轉，時間在換，證明自己可以。

you can.

you can

2019.04.17

懶惰鬼模式

早上睜開眼喊餓的時候，還在床上躺著，窗戶透出一點光，斜照在油漆粉刷得死白的天花板上；想要蒸點那被我冰在冰箱冷凍庫裡已久的饅頭來當早餐，但看了看時間，覺得還要整理各種器具就感到疲乏。算了，還是便利商店解決吧；雨天是該出門、還是不該出門？乾脆取消行程，待在家裡靜靜對著電腦螢幕做點事情，省得滿身濕又難受；我一直覺得時鐘有偷偷多跳了幾步，一下子就中午時分，又到了該煩惱要吃什麼的時間了，怎麼可以一直在吃呢？就算決定叫外送，又得在訂餐介面上猶豫不決，一排商家直直落，我卻一點著落也沒有。

突然開始思索，活在當下到底會變成什麼樣子。我姑且先解讀成順著當下的意願、慾望執行生活，可以在任何時刻做任何想要做的事情，會在一瞬間放棄原定目標，取而代之的是藉口，簡單來說以藉口逃避本來應達成的目標與任務，不過不要用「逃避」那麼難聽的詞彙，先用「懶惰」頂著吧！

我繼續工作，或坐或躺，從書桌到地墊、從床邊到床上，抱著電腦在小小的空間裡游移，鍵盤的機械聲此起彼落，隨著我演奏；房間裡的燈開開關關開開，最愛徒留檯燈的光在房間裡四散，它們柔和又體貼，知道我想要的是什麼，隨時準備好讓我入睡。

反正我總是在床的附近出沒。

不過懶惰也並不是絕對不做，可能只是緩緩、等會兒再做。過上一點隨心所欲的日子，好像就離懶惰鬼的生活近了一些，慵懶多了一些。我很可愛的爲他取了個名字，稱它爲：懶惰鬼模式。

我選擇在當下做出判斷，讓直覺帶著我漫無目的的生活，這樣的呼吸方式似乎有些輕盈，但也挺需要忍受那些無法控制的變因，突然有什麼事情發生急需解決，那也都是有可能的。不過大致上如此過得還算順遂理想。

話雖如此，總是需要一點代價。妥善準備許多理由，好說服自己當下做的任何決定都是合理：「當下只有一瞬間，要及時把握」「沒關係，現在比較想要這麼做就這麼做」「要勇於做自己，不隨波逐流，擁有自己的步調」，聽起來冠冕堂皇，也眞的充滿自我，時時刻刻都把這些理由掛在嘴邊說，隨性、卻像是在逃避。不對，就是在逃避。

我倚著床板，坐在天藍色巧拼上，伸直的腿上墊了一顆長型枕頭，讓電腦與腳有一段舒適的距離。檯燈的光宛如住滿了靈魂，房間裡若有似無的瀰漫著迷幻的時間，所有感覺都被扭曲，有個性也很藝術。我都笑著問自己，是不是掉進了愛麗絲夢遊仙境中，那隻被追逐的兔子的懷錶裡。

我也眞像是跌入了夢幻裡。我越來越常以「活在當下」作爲不去執行某事的理由，天眞的以爲這樣是一種浪漫的表現，殊不知只是讓自己更加頽廢與墮落，整日只求呼吸活著，一事無成。懶惰鬼模式開啓一段時間後，會忘記自己最初的目標，犧牲了那些原本的計畫，卻換來行屍走肉的生活，甚至是忘卻要增進自己，頓時也面目可憎。說來很快樂，卻也與自己良心過不去，這正是所謂的活著最輕盈也最沉重的方式吧！我並沒有說得過於誇張，活在當下彷彿是個信仰，爲此極端的相信每一刻都能做自己，認爲那樣才是自己。

身體總覺得不聽使喚，有股將自己從現實中抽離的力量，也瘋狂的壓住自己、不得動身。當我非常努力想要爬起來卻於事無補時，才猛然發現自己過往對於「活在當下」這個說法不斷的會錯意、不斷的偏離自己的核心，這是懶惰鬼模式能快樂卻也是最讓我感到痛苦的原因吧！

我的游標在電腦螢幕上竄動，在各大視窗裡跳躍，偶爾有點恍惚，不知道何去何從，只能在螢幕裡打轉，卻毫無收穫。其實有點忘記愛麗絲是怎麼離開她的夢境。我百般閃躲仍被時間追著，就算懶惰鬼模式作祟，也忘記不了每件任務，因爲它們就是會緊跟著自己，甩也甩不掉。

錯誤解釋活在當下就也得落入幻想之中而不自知，感受到痛苦仍得面對，懶惰鬼模式逃得了一時、逃不了一世，冥冥之中早已被安排好。活在當下到底是誰說的？這樣也不是做自己了吧！

不過倒也不是永遠都被困著，活在當下的另一個解讀方式大概能幫上一忙：把當下的任務完成。這正是活著最大的企圖與目標。當下大概是指那些已經決定好的，要努力身在其中，這才是我們能給自己的最大報酬，儘管那是自己不願意、也不想的。

這樣說來就什麼都能有個方向與解答。

當反問自己爲何想要用懶惰矇混過去某件自己原先非常喜歡、非常感興趣的事情時，就要想起完成每一個目標都是從此刻開始，好好的開始才有機會安排妥當的結局；也要記得每個目標的完成都是證明「自己」存在的方法其一，或許並不是最好的結果，但他最能體現自己的靈魂。強調做自己的同時，希望能有著最眞誠的自己，表露於形，讓自己有最大的發揮。

這樣聽起來頭頭是道的言論，每個人大概都會說上一兩句，只要能窩在電腦前，敲打著鍵盤，使信念發出機械式的聲響，刻印到社群媒體上，就能穿梭於無形，顯露在衆人面前。但眞正能隨時隨地都保持著如此信念的人又有多少？我當然也明白懶惰不是個好習慣，只是誰不會偷懶、誰又不會找一堆藉口搪塞那些自己目前不想觸碰的事情呢？

我相信我的懶惰鬼模式還是會三不五時出沒，他們理當無所不在，也必須無所不在。我仍舊不會放過任何偷懶的機會，畢竟活在當下有一刻也是得順心如意的。

啊！窗外天色好像有些陰沉，看來勢必得來場大雨了。我離開了床的邊緣，快步到陽台上，趁著衣服還尚未吸飽濕氣，趕緊將他們收拾回房。衣擺微皺而硬挺，不時散發著些許陽光的味道與溫度，好像今天一切都與平常一樣，沒什麼不同，寫實而眞切。

我仍舊不會放過
任何偷懶的機會，
畢竟活在當下有一刻
也是得順心如意的。

懶惰鬼模式
2020.05.26

年輕的老了

年齡的時間軸拉開來看，按照人正常情況下的壽命，要說長也不長、要說短也不短，而二十歲算是初入社會的青澀菜鳥，卻也不斷感受到自己老了、與年幼那個無知的自己不同，必須爲了什麼奮鬥、成長、變老。

雖然嘴上說著自己老了，總會得到衆長輩們的斜眼怒視，認爲年紀輕輕有什麼資格喊老，但老實說，二十歲的當下，誰不曾覺得自己也有老了的這一天呢？

而我眞正脫口而出，是在某個早晨，我醒來沒多久後。

基本上我的生活與以往沒有太大的不同，頂多課的安排有所調整、該處理的事情也屬特例不提，時間在走，也不會有什麼太大的轉變使我感受到皮膚皺得可以，過著幾乎差不多的日子。若硬是要說，我突然多了一個習慣，在睡前準備著一保溫瓶的溫開水的習慣。我會將它擺在床頭櫃上，待到明日一早起床時能喝上一口，舒坦剛睡醒的身軀。

如此反覆，持續了將近一個月，直到某天早上突然有個意識衝進腦海，直接把我從睡眼惺忪的狀態嚇到回魂，整個清醒無比。那天，我的腦袋裡只有一件事情：「喝溫開水的我，是不是老了？」

小時候身體不好，只要是冰的食物，一點一滴都不能碰，否則會引發身體狀況，小則感冒吃藥，大則急診住院，算是與死亡成一線之隔。所以對於身邊同儕能喝冰飲這件事情羨慕至極，甚至會問「冰的飲料是什麼味道？」但不意外的，他們只會對我露出不可置信的眼神，用著一臉「你怎麼會問出這麼奇怪的問題」的表情看著我，笑了出來。

長大之後，對冰品特有慾望，不放過任何能夠接觸到冰的機會，就連平時的飲用水，也都會刻意按著飲水機的冰水鈕，讓冰水注滿整個水壺。就算有敏感性牙齒，也要努力吞下去，體會在嘴裡崩解的快感，對，不是融化、是崩解。我想這一切也是不難理解的。

但不知不覺的，開始不喜歡在如此低溫的環境下生活，開始想要在睡醒時分喝到溫暖的開水，讓它從口一路暖進身體中，流竄於甫剛甦醒的軀體，如同被一股暖流擁抱，被溫柔以待，那種感覺很舒服、很體貼，這麼說好像誇張了點，但著實難以抗拒。

以前總覺得，諸如喝溫開水此類保健身體的作法，我就是不想要，亦對冰品的渴求從不滅去，甚至被家人叮囑要多喝溫水時，總會萌生一些叛逆之心，認爲只有冰飲才是王道、無可取代（我當時實實在在是這麼想的）。

隨著時間流去，開始會有要讓身體休息的警示感，或許是眞正的體會到什麼叫做身體的疲憊（說體虛好像也行得通），也或許只是單純的感受到季節的變化與冬天的冷，總之開啓了我溫開水的早晨必備行程。

這是老了的跡象嗎？

可能受到長輩們的影響，每每身體不適、被提醒照顧身體時，喝的皆是溫開水，又它們平時也幾乎飲用溫開水，而不是像我一樣性子剛烈叛逆，堅持只喝冰開水，才會讓我在睜開眼後、對著保溫瓶內的溫開水，承認自己的老。

需要交給時間去理解的事情太多，而溫開水是其中一件，像是被時間撫摸過後就能擁有意義，歲月增長後似乎能得到一些力量，也似乎懂得自己眞正需要的、想要的是什麼。

一如平常一樣的起床，在床頭櫃上尋覓著我那米白色的保溫杯，上面印滿了能在寒冷的冬季裡，自在生活的動物們，北極熊、狐狸、企鵝、貓頭鷹，像是在向我問候早安，也像是在等待我多看他們一眼。

扭開橘紅色的瓶蓋，澄徹透明的開水不如前一晚剛裝入時那樣溫熱，卻也能保有一些溫度，我也不會過度奢求太熱騰的照顧，僅需要一點溫存，就也滿足，生活也是這麼過著，期待有人能陪伴，不需要過於熱情或愛慕，只需要溫柔與存在就足夠。

早晨的房間，還不太會有陽光照進，看著窗外亮起的天空，總是能感受到些許溫暖，雖然還不見陽光。時間會繼續前進的，無論如何，我們都在變老，在瘋狂追求著什麼的同時，也會了解自己其實想要的，只是一點關心、一點陪伴，像是床邊的溫開水、像是早晨那還不完整現身的太陽、像是枕邊有人的早安與睡眼惺忪的陪伴。

老不老，好像都不是重點，也不需要再講出來讓長輩們玩笑般的怒視，因爲我們都知道，需要的才不是年輕、不是時間的倒轉，而是簡單的擁抱，一個溫柔的擁抱。

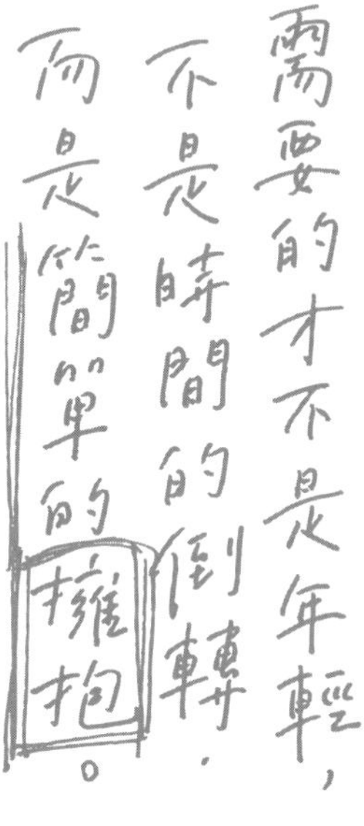
需要的才不是年輕，
不是時間的倒轉，
而是簡單的擁抱。

年輕的老了
2020.01.23

池田亮司

那天我二訪了日本視聽藝術家池田亮司在台北美術館的展出，映入眼底的每一個細節又比初次更被放大了些、有些距離又與我更近了些，燈光持續閃爍，在大片牆面上打出世界呼吸的原理，能從中看見一個無形的我，在亮與暗之間穿梭跳躍，最後我彷彿被作品帶走，直線前進、被半推著，抑或受引力牽引，我被帶進一個早已失去靈魂的現實感裡。

我想沒什麼人會懂、會想要懂當下這些抽象又複雜的感受，但我內心仍是激動、也很澎湃，與初次面對池田亮司那偌大的藝術品相比，那種單純的空與無、還有單純展覽文宣的文字式理解所差甚遠。

我急切的想要與同夥分享這些瑣碎的悸動，但最後我只選擇回應了朋友的看不懂：「好看，我覺得很好看。」沒有闡述過多關於好看的具體實例，也不想要多做說明，因為我想起來一件必須警惕自己的事情：這個世界就算沒有了自己，依舊會持續的轉動。

老實說，這跟表達自己沒什麼關聯性，我一開始也認爲多說自己的意見無關要緊，但我比較在乎的是，我努力去述說自己的看法時，當下渴望的目的到底是什麼？是想要他人理解我的腦中正運轉著另一個平行世界？還是想要表示我與作者有極度強烈的共感？又或者只是單純說著自己的感覺，漫無目的的在現實與作品之間來回周旋？

自我審查式的探究自己，對自己一點好處也沒有。

在最初思考這個問題時，早就掩埋了自己的靈魂，開始去支配目的與慾望，「應該」、「必須」、「一定」被運用得淋漓盡致，一瞬間沒有了自己最原始的模樣，它們都忙著被隱藏、被當作是籌碼妥貼的利用，被要求不准與不可以的同時，靈魂都正在失去。

展覽裡頭有一黑色空間，在牆面上以投影方式播放著符碼、線條、速度、方向，配著音場，越靠近牆面，越能讓自己與符碼們共存，耳際不時傳來數據記錄的聲響：「答、答、答——」

再往前一步，就擋住了某一部份的光影，看著自己身形的輪廓顯現在牆上，其他線條卻不受影響的向前，明知道這是投影的特性，也硬是要解讀成我的存在之所以強大，是因為細小的影響也能有所改變，只是結果可能都是一樣的。

世界在呼吸的時候，一呑一吐、反覆循環，它讓你感受到自己的渺小與力不從心，顯然我們還不夠認識自己，不敢吐露最眞實的想法與感受，也許大家只需要追尋一個既定的平均數即可，讓它持續呼吸於沒有靈魂羈絆的時間維度中。很可惜的是，人類總是需要一點改變，嘗試在各種陰影中找到獨特的自己，就如同為何我是在一個黑色的空間裡感受世界的脈動，我們為之鼓動、奮鬥、衰退、斑駁，卻從無反悔的原因到底是什麼？

「你會知道這個世界很大、很大，還有一點陰暗的角落可以躲藏，不用被所謂的世俗眼光照射，是怎樣的慶幸與悲傷。」

燈光持續閃爍，大片牆面上打著世界呼吸的原理，從中看見一個無形的我。

你會知道這個世界很大、很大，
還有一點陰暗的角落可以躲藏，
不用被所謂的世俗眼光照射，
是怎樣的慶幸與悲傷。

池田亮司
2019.12.12

長大的反覆練習

藝術治療的課堂上，我相信我是腦袋空白的在台上報告，對著我做了好久、好久的簡報，說著一些潛意識裡的字彙，同時努力的從我說出口的語彙中找到邏輯，但知道那些文字所述說的都是我很深層、決定好好放下、好好探索的自己。

每一位同學報告完後，都會收到每一位同學的回饋評論，其中一張內容寫道：「長大好幸福，也好辛苦。不知道爲什麼就想要跟你說這句。」頓時之間，我被同理得徹底，介於被了解與被解剖之間。

報告的準備與講述中，我用力去看自己、深入自己，但我現在應該要從自己向外看，置身在這個環境裡，像是被一切包裹，無論是身邊人親朋好友、路人、車輛、建築、社會，甚至是氣味、大雨、空氣、時間，容許與這個世界親密接觸，容許被改變與隨之波動。

如果眞的要把長大當成一件事情來感受與看待，確實是知道自己是幸福的，無論是自己的知足、旁人的祝福，或者那些在乎、關心、幫助自己的貴人們；也的確知道自己可能是辛苦的，面對那些不想面對的、想逃避的。

長大是時間賦予的，時間又是誰找到的？時間推著我們動作，此時此刻前進或後退，成為一個必須為時間負責的人；社會規範了我們，死水般的規則也好、輿論說三道四也罷，限制了我們能隨時掌控的能力；最後只能是我們來創造我們，唯有自己能找到自己最想要的解藥，很難、很辛苦，但長大似乎就是這麼反覆走過來的過程統整單詞。

從自己的作品中找到自己的靈魂、從同學的言語中找到自己的眞相，這是我認爲長大給我最幸福的收穫。長大的意義，其中之一大概就是認識自己，別人不懂也無所謂了。

長大很幸福，也很辛苦。

這麼看來可能也是這樣吧！

長大好幸福，也好辛苦。

時間推著我們，

社會限制我們，我們創造我們。

長大的反覆練習

2019.12.06

卡帶

小時候很喜歡玩弄舊式卡帶，曾經抽壞了幾個音軌黑帶，可能是因爲不懂錄音帶裡頭藏著什麼，將此當作是一種樂趣。我也很喜歡一個人，在很深很深的夜裡，坐在地上把當天播完一輪的錄音帶，透過小指頭往回倒轉，也不曉得爲什麼，總不喜歡用當時收音機附帶的倒轉功能，每一次都堅持自己倒回去，想著如果音樂倒著放，是什麼樣的感覺？

現在也不流行錄音帶了，早就被數位串流平台所取代，隨著時間挪移，發展也從來不會停止，被要求著要更好、更完整，才叫做進步。說起來，也像是人生一場。

人生好像都會被規劃成好幾個階段，每個階段都有需要達成、進步的目標，就像心理學家艾瑞克森的發展八階段理論，認爲在每個時期都有必要完成的任務，像是一種既定的規則，每個人都必須加入這一場名爲人生的遊戲。

很可惜的是，這場遊戲才不會那麼簡單，除了任務以外，那些被寫在課本裡的規則，身旁人們的期待、還有社會大衆的眼光，或許還會加上反省自己的罪惡感，全部都像海嘯般湧來，無所遁逃，只能硬著頭皮。

人有一個很特別的習性，我們最擅長的是回顧一切，別人寫在課本裡的叫歷史、印在自己腦海裡的叫記憶，這些都將成爲自己繼續前進的動力，用過往的每一刻，堆砌現階段的自己，這大概是人生遊戲裡最有趣的部分。

倏忽間，會發覺自己好像什麼都擁有，是個幸福無比的人。擁有陪在身邊的親朋好友、擁有不錯的愛情（也許是曾經擁有）、擁有幾次厲害的經驗、擁有當下的那一分一秒，儘管過去做得再怎麼不好，也終究擁有過，那也足夠安慰自己，自己不是一無所有。

或許當下身處迷惘之中，好似被世界拋棄在迷霧中，也認爲自己再也不可能會有成長與進步，所有的事情都變得黯淡無光，每當日落都成爲一種失落時，絕望就毫無止盡的在身邊徘徊，總覺得做了再多也都只是徒勞。

卡帶總是有著空間限制，它們無法再繼續錄下去了，就連B面也都寫滿了足跡，一個又一個倒臥在身邊，等待被遺忘。但或許這只是暫時的停滯，在自認爲無法前進的階段裡，需要一點時間與裂縫來尋找新的生命，好像只要繼續尋求新的、空白的儲存世界，頓時又會充滿希望。

我獨自坐在地上，手指繼續轉動著卡帶，倒轉著一個個俗稱舊的回憶檔。撫摸著被整齊擺放在架上的卡帶，像是把自己的成長階段一字排開，這些都是自己所創造出來的黑色空間呢，自己並不是一無所獲，也許要到某些時刻才會明白，只有當自己理解自己、敞開心胸，放任陽光照進，才能曉得自己值得精彩！

夜深的時候特別想跟自己說：「那些努力與辛苦終究不會白費。」

：「那些努力與辛苦終究不會白費。」

卡帶
2020.01.03

第四章 動人心弦的白開水

CHAPTER 4

世界有個地方跌宕著未來進行式
同時也過去未完成

記憶盤旋

「很多事情都過去了，徒留回憶在腦海裡盤旋。然後呢？都不復返了，都不愛了。」

有人說，戀愛就像一場旅行，只是走得遠、走不遠的差別，一路上都在欣賞風景，你與我就是最好的風景。

很多事情都過去了，
徒留回憶在腦海裡盤旋。
然後呢？都不復返了，都不愛了。

記憶盤旋
2018.04.22

致友人

我很喜歡宮崎駿曾在《神隱少女》裡的一句話：「曾經發生的事不可能忘記，只是暫時想不起來而已。」聽起來好似十分虛無，但仔細想想，忘記跟想不起來，好像是不同世界的產物，也讓我更仔細去紀錄生活。

我把許多事情，用各種方式紀錄，寫字也好、拍照、影片都好，但最重要的，都是那些故事的主角們。

我從來不當主角的，那不是我的使命，不是我應該要做的，我只是存在，然後寫下一點又一點的驕傲與細膩深刻，因爲我知道，紀錄是保持呼吸的方式，沒有比這個更適切的方法了。

很慶幸的是，我能夠不斷找到那些故事主角，捕捉他們的每一個瞬間，印在深深腦海，然後再一一傾吐。

有了他們，我的生活不無聊，儘管只是紀錄，也可以擁有孤獨的快樂。

致友人。

儘管只是記錄，
也可以孤獨的快樂。

致友人
2017.12.25

世界依舊

看著身邊友人竭盡所能的做好自己該做、想做的事情，世界突然溫柔了起來，強壯了些許。害怕的事情慢慢的被自己所克服，已經不再是那個憂心忡忡的自己，回過頭還會大聲說著當初自己多麼的懦弱。不過，這些都是建立在曾經勇敢、努力過的時間軸上。

呼吸到一個歲數後，漸漸體會到要面對的事情並不是簡簡單單能解決，也很難走捷徑達成。看過很多文字，說著長大後的各種不敢，對於問題寧可逃避，也不願掙扎，不像小時候那樣天真無邪、衝撞世界，但對我而言，其實是世界教會了我們退縮。

基本上我們被告知不能犯錯，儘管口頭上不斷的說要勇於嘗試，卻在錯誤的時刻被推上風口浪尖，做了活生生的標靶，所以我們不敢犯錯；退縮了現在，往後也都想過著無憂的生活，雖然說誰不想有穩定的日子，但能完成心願的又有多少？

近期常常觀看選秀節目，綜藝歸綜藝，卻仍是有很多人在世界裡掙扎著。把音樂當夢想的人，創造旋律努力溫暖衆人；把文字當飯吃的人，耕耘腦海裡最細膩的一部分，輕輕訴說給衆人；把堅持當家住的人，相信自己微不足道的力量也能撼動宇宙。他們做著自己獨特味道的事情，這麼點溫度，世界是需要的。

微笑、眼淚、痛哭失聲、憤恨不平，世界不會告訴你該怎麼做，退縮是最原始的設定，然而吐露眞誠的人不會少，慢慢的成爲最堅固的堡壘。

其實你很溫柔，世界依舊被你包容。

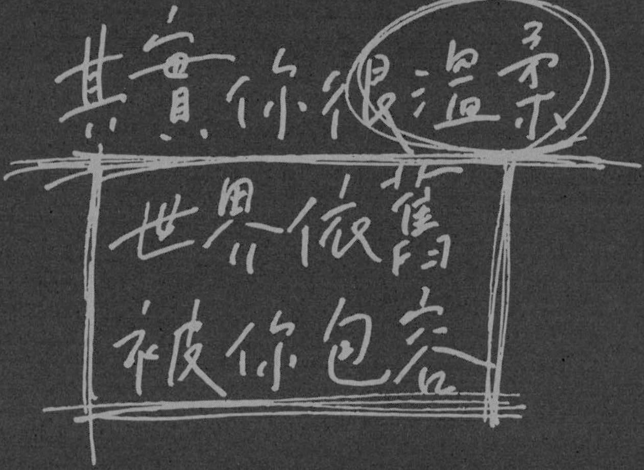

世界依舊
2018.09.10

那些你不懂的

氣溫下降，鼻息之間頓時塡滿了冷空氣，怪天氣多變，早些時間明明烈日閃耀，換了黑色的夜幕，卻悄悄把世界推入冷澀深淵。

我穿著連帽外套、休閒長褲、運動拖鞋，戴上耳機在街道角落上行走。音樂無論循環的是哪首歌，又更加被高速來往的車輛淹沒，擁有了旋律，卻刻意不被喚醒，交雜錯覺告訴我，仍舊在現實中發熱，儘管氣溫其實不高。

雙眼乾痛起來，輕輕觸摸眼眶，冰冷圍繞著渙散的眼神，該是時候爲自己多添一件衣服。

對啊，我總是不會照顧自己。

天氣冷，就是要多加件衣服保暖；過馬路，就是要記得左右查看；買晚餐，要記得營養均衡，還有衛生品質。諸如此類的，你都會懂，我也懂。但遇上了婚姻，你就不理智了，或者說不願意理智，最終領了一把堪稱正義凜然的利刃，矇閉雙眼（以一種說服自己會得到溫暖的方式）對著未來千刀萬刮，成爲了假裝不懂的你。

我想著要搬出冬被、衣櫃要重新整理成毛絨衣料的天堂，計畫著該如何打點冬天的模樣。白色與藍色，昏沈的早晨與混亂的午夜，小調音樂開始在耳機中蔓延，最了解如何冰凍世界，滴出水的也露出鋒芒，輕輕一動便遍體鱗傷。

「很冷對吧？我早就告訴過你。」你的字字不懂，正創造最低溫的狀態，我的計畫停歇，無法增加溫度，而那正是你所謂的最溫暖。

我走進常去的便利商店，點一杯熱拿鐵爲自己取暖，紙杯燙手，店員貼心附上隔熱套，但到底是過度的熱才燙了手，還是只是單純的關心，卻壓得傷痕累累？我依舊無法了解。

紅綠燈一如既往的閃爍，穿梭於油門催促與煞車聲之間，陰沉的天空，把所有能下雨的因素備妥，即將來一場讓大地假裝睡著的搖籃曲，有人會悲傷、有人會憤怒、有人會讓自己的意識成爲全世界、有人會被別人的全世界殺死，好像一切都這麼理所當然。理所當然的，只是蓊鬱的自我被掩埋，超脫於塵世衰敗之後，仍然堅毅的防護。

踩在泛出淚水的柏油路上，偷偷哭泣、偷偷顫抖，空氣又變得更冷，要記得戴上口罩，懂得自我取暖。

我要活得好好的，要好好照顧自己。

面對那些你不懂的，我都先爲你承擔。

#動人心弦的白開水

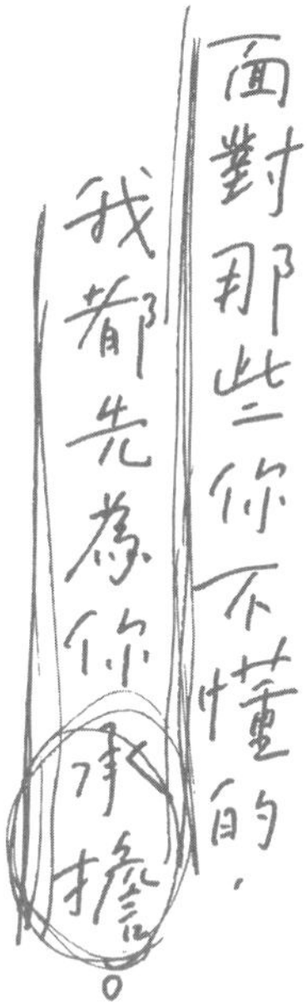

那些你不懂的
2018.10.19

「在藝術治療裡頭，越是傷心、難過的事情，越是要去表達。」我以此作爲現階段的開始，過去無知與沉默的停止。

※

每天都向自己說一些話，背景播放著能反覆循環的音樂，但總覺得我需要再寫一點什麼，才能建構出今天的我，那種感覺就像把整張專輯聽穿了，都還那麼生疏。

當知道要說一點與自己傷痛有關的事，才開始塑造最內心的自己，我連我自己都無法確定，自己是不是一直都這麼脆弱，只是過去從來都沒有發現，還以爲自己很懂自己。

一次又一次的把自己殺死又被救醒，那些充斥在筆記本裡的黑暗與腥紅，似乎都快要跟這個世界脫離，假裝我從來沒有想過、也從來沒發生過，想要向自己證明，我與我自己無關。

遠離自己的內心帶來更多的沉默，反正我不說，不會有人知道，也不會有人想知道。開始做起圖文不符的瑣事，無關要緊的，行事曆上也不會出現緊急事件、重要事件，什麼都像是身外物，我也不需要任何標籤，無關的事情不需要標籤被定義、定位、定型。

可惜我失敗了。

在場有意識、無意識都與我有關，現在、過去、未來都與我有關，連我吃的食物、看的電影、聽的音樂都與我有關。

播放清單又跳回第一首了，沒關係的，現在站起來總還有機會。

越是傷心、難過的事情，

越要去表達，

現在站起來總還有機會。

藝術治療

2019.10.04

離你很近

我知道憂鬱離你很近，也知道世界離你很遠。曾經我決定把一切不想被忘記的眼淚通通裝罐封存，讓未來的時間有機會喝乾那些傷心。

你不笑了，我也不哭了，某些親切需要調適，承受不住的關心太多，終究會宣洩成汪汪大海，但你曉得那是你的模樣，最真實的。

你懂煎熬會被餵養得很好，無論是自己餵、還是別人餵，但溫柔總會環繞了你的憂愁，慢慢包裹，送些溫度，別忘了多喝點溫開水。

讓未來的時間有機會
喝乾那些傷心。

#動人心弦的白開水

離你很近
2018.11.10

趁著想哭的時候，去洗澡吧！

假日的西門町總是擠滿了人，向左向右、或前或後，你是擁有方向感的，你能選擇往哪走，但都仍是隨波逐流。不只街道上擁擠了成群的汗流浹背，人與人之間也擠滿了叫賣聲，沿街的商店竭盡所能的招攬客人，該嘶吼、該誇張、連跪下求客人花些錢的都出現了。

你一個人漫無目的，沒有要去什麼地方、沒有什麼目標，你忽然感受到，人群裡的自己是如此渺小，在裡面，你仍舊是一個人。站在這裡，宇宙是不是又膨脹了一點？自己是不是又脫了點水？

隨著空氣晃動，耳機裡頭的音樂早就被淹沒，你開始試圖調高音量，卻發覺你無法選擇要聽什麼、還能聽什麼、或者不想聽什麼，一切都只是徒勞。視線也越來越模糊，四周像是在旋轉，全都交疊在一起，在迷茫與幻覺中看不見別人、也看不見自己。但是你異常的冷靜，你自己也沒有想過這是怎麼回事，此刻你也沒有那些心思，刻意想要弄清什麼，無論是否能看見、是否還能聽見。

吵雜聲突然消失了、視線所及也都只是寧靜。

你說：到了。這裡是你最安心的地方，最微小、最不足爲奇、也最祥和。你說這裡沒有人、沒有人認識你、沒有人知道你在這裡的原因；你說這個世界是用傷心換來的，只要一點點悲傷就足夠讓你躲進來；你說難過不需要理由，聽一首歌、寫一點字、看一段故事、嚐一口人生；你說不想被發現，因爲悲傷太難熬也太羞恥，你不敢過度放肆；你還說這個世界太脆弱，太容易被發現，一撞就殘破不堪，所以要盡可能保持無聲。

很可惜的，你還是要自己一個人回家，回到那個有藍色大海、綠色大地的家，儘管他們看起來都灰濛濛的。

菸蒂是第一個出現在你視線範圍內的，很輕很輕的卡在溝槽裡，苟延殘喘的餘溫喚醒你對家的感覺；再來是那灘沾染在水泥地上的紅褐色檳榔汁，尚未乾涸的紅色漫延，也保有著僅存的溫度；身邊出現了好多腳步，你觀察起他們鞋子的品牌，忽快忽慢的，飄忽左、飄忽右；腳步聲也逐漸與耳機的音樂交雜，此起彼落的叫賣聲讓你想起家是那麼熱、那麼燥熱，一刻都不得鬆懈，一股腦的湧入腦裡；你聽到有人在跟你說話，內容不太重要，但你知道已經沒有那麼悲傷了，這裡一切都還有溫暖。

其實你是想哭的，在悲傷時需要服用一點、意識到溫暖時需要一點、在人群裡一個人時需要一點、安慰自己時也來一點。你不禁想：藍色大海難過的時候也哭嗎？綠色大地傷心的時候也是嗎？假如他們都哭了，也都還是藍色、還是綠色嗎？

「嘿！你需要一點回音。」你聽到了，只有你聽到。

天空似乎裂開了一個縫，開始下雨了。

趁著想哭的時候，去洗澡吧！

趁著想哭的時候，去洗澡吧！

2019.09.08

換季

天氣很冷，雨有一搭、沒一搭的下，馬路濕了又乾，乾了又濕，所有事情都變得更冷一些，今年換季的感覺更讓人覺得無助，不知所措的當下，在溫度計刻度上轉跳著，冷冰冰來得很快，比我想像中的快，心情也走得很快。

忽然之間，不曉得該怎麼記錄「放榜」這一件事情，它到來的時間可被預期，卻硬生生的撞上了換季，像是把整個世界翻了過來般的降臨。它在我的腦海裡一點想像空間也沒有，單純接受並且認清真相。

忘了從何時開始，總是在冒冒失失中苟且偷生，連寫下一點文字都覺得費盡心思與氣力，無法正面與之共處。三個月以來，下定決心的那刻起直到放榜，過程中曲折先不提，一夕之間彷彿老了幾歲，朝如青絲暮成雪的既視感強烈到無法迴避，但也在這時光的穿梭口找到了成長的禮物。

向來我害怕麻煩別人，對他人開口就像是要了我的命，但該爭取時還是得咬著牙上戰場，那種滋味果真是煎熬與悲歡交織，我完全無法、也不敢設想每一個人對我的回覆，那對我來說太刺激，又包覆著無法負荷的恐懼。憶起這段訊息來往的時間刻度，世界一分一秒都充滿著刺，輕輕吸一口氣，就足夠痛苦。好險，只能說好險，大多時候都還是能得到滿滿的幫助，回過頭才會去感謝當初的自己是一個不斷麻煩別人的麻煩，換個角度來說，勇敢的把自己想要的清楚說出口，才不會眞正的成爲一個麻煩。

與此同時，學會感謝大概就是最多人會說的、也必須存在的學習。夜深人靜時，感謝檯燈還亮著，隨著開關滾輪轉動到暖色系色溫位置，告訴你世界還暖和著；翻找文獻時，感嘆好險有人曾經寫了什麼，也驚呼自己能找到了什麼，感謝如此幸運能遇見這些前輩的心血，在各種語助詞中得到豐滿的靈感與資源；寂寞無助時，感謝還有老師可以讓自己不斷的麻煩、感謝自己認識過許多願意伸出援手的學長姐、感謝身邊有太多人願意跟自己站在同一陣線，儘管我沒有做好、沒有做到最好，像是《神隱少女》裡頭的跳跳路燈，在你最需要的時候給予方向指引與耐心勇氣。

時間的縫隙越來越小，離未來越來越近，我能許下的願也越來越貼近現實，開始考量「做夢也需要成本」這件事情、開始評估理想與現實之間的距離，開始拿捏「幼稚與成熟」的尺度，也同時要學會承擔。

但我好像還沒有辦法去面對，我好像太害怕了未來，以致於世界再怎麼變化，都像是沒有發生一樣。輕易的讓我自己躲進了過去及漫無目的的現在，神智狀態虛晃在夢想與實現的邊際，跨越與退縮都只是一步之遙，卻難以動身。面對後果比當初想像中要來得困難許多，當我面無表情的暴露在這慌亂的氛圍中，被關心的機率增加、被認爲難過的情緒大幅飆升、被相信我太痛苦以致於無法有任何普遍的行爲、反應。

「我並沒有故作堅強。」但他們才不相信這種鬼話，連安慰自己都破綻百出。

其實我只是想要單純敘事，像流水一般輕緩與自然，不帶感情的記錄事件，保留白紙黑字的純粹，讓這件事情的輪廓更加清晰脈絡。每當我被問起心情狀態，我也只是笑笑的更新自己的近況，在空白裡頭找到自己的模樣，緊接著放慢語速、更加眞誠的表達：「我眞的沒有太大的情緒起伏。」然而他們都說，這些難過可能是來的比較晚些，畢竟創傷後壓力症候群的症狀，常常都是出現在事件發生後一個月，這些情緒也可能突然會來得更深、更痛一點。

我想說的是：「我好像還不太會承擔。」

對此，我還不知道它對我而言，到底是不是種創傷，或許我自己不曉得，而在別人眼中是清楚可見。我的痛苦與它被陳列在一起，現階段無法分離，成爲必須好好理清的纏繞棉線，在快要變成死結之前，好好的讓時間穿過，拉自己一把，這可能就是承擔；在時間過速逝去的奔跑中，迅速決定自己下一步該何去何從，相對積極的去試探內心的陰暗面和渴望，這可能就是承擔；理解我應該、我必須、我現在要做的每個目標，都與我的未來更近一點，這可能就是承擔；強迫去經歷痛苦、折磨、矛盾、尷尬、愧疚的沉默時分，在煎熬裡頭待著，這可能就是承擔。

時間前進的速度可以是快到摸不著邊際，而原地踏步，或者隨著自己的腳步，沉重穩固的在齒輪裡找到自己的容身之處。今年季節更迭的界線明顯了許多，跨過一個檻，在熱與冷之間徘徊、在雨與傘之間旋轉、在眷戀夏天的同時，對寒冷又陌生的冬天寒暄：

「其實這些日子都不算太糟，至於下次見面，又是另一個換季。」

其實這些日子都不算太糟，
至於下次見面，又是另一個換季。

換季
2019.12.10

過往偷窺

打開電腦準備著各式各樣的面試資料，我一邊思考怎麼樣才能把自己介紹得透徹，可以在短短幾分鐘內認識自己，一邊思索如果我到底過去都做了些什麼。看著各式文件證明、作品集等，樣樣都是自己的心血，無法忘卻也無可割捨。

自傳密密麻麻的文字在眼前排列，制式表格中要求著哪處該存放過期的自己，又會逼迫著哪裡該呈現新鮮的自我。不一會兒，要嘗試向世界表達對自己的期許，用盡方式加以修飾，營造出厲害氛圍，但事實上都只能盡說些任何人都看不到的未來，就算談來具體生動，仍逃不掉一點空虛。

爲自己打算，像是成長中必經之路，很顚簸、殘酷，也很眞實。羅列出一系列的計畫，將未來切開成近中遠三等份，好像在把自己的靈魂平均分進這些時間區段內，多了些煎熬與煩躁，因爲根本抓不準世事難料的未來，只好照著既有的框架塡補對未來想像的模樣。痛苦，卻又必須硬著頭皮。就算是很順暢的在空白檔案上寫滿了規劃，也會開始焦慮之後到底會不會成爲理想中的模樣；害怕又擔心遺漏了哪個環節的計算；預期世界會怎麼變化，是不是自己所預設的那個樣子？

每次寫到任何關於未來的規劃，都無法很有自信的承諾，質疑自己可能會與世界對自己的期待不同而有所退縮，隨時都可能失去機會。但現實很明白的訴說著，停留在原地、純粹回顧過去是永遠都不會進步的，他們想要看的是未來的可能性，告訴自己：節省一點時間給後來吧！

儘管不該往回看的，但視線所及全是過往。我們看到的也只能是過往。

過往會雲煙，再怎麼名留青史也是之前的事，而我們再怎麼看，也都是看到已發生的事。該不該留一點餘光給過去？時代腳步飛快，緊迫壓縮時間空間，追逐效率，捨棄那些被認爲不重要的環節。

既然世界不允許，那我只好過著偷窺的生活。偷窺過往成爲我每天少少的、眷戀的時刻。記憶用來儲存知識，也存放喜怒哀樂，提取一件件曾經，就像是再度看見雲煙，沒有過往即逝，而有所感觸與留念。

抓住一點空閒，就想要駐足翻閱記憶。雖然書寫履歷自傳可以將那些無處安放的過去經驗條列，卻也只能抽絲剝繭凸顯幾項最重要的事跡，其他都只能說得上是陪襯。我想來覺得可惜，一件一件逐一拾起，讓他們回到腦中那個時間點的溫度，太陽也許悠悠然的曬著白紙黑字，熟稔的味道從墨水裡飄出，刷黃了柔白色的大地，發覺往回看好像沒有這麼糟。

「沒有忘記的事情，又如何不能追憶？」我不解。每個事件發生的瞬間，我得匆忙的將這些記憶打包好，妥當收起，等待下次打開接觸空氣的瞬間。那一個瞬間，我想會是滿足的。

滴答聲充斥空氣，現實的疲憊推著自己向前，卻宛若停滯不前；被動的去面對世界，彷彿世界成爲自己最大的阻礙；諸多的期望一夕之間像亮不起來的燈泡，開始意識到接觸不良的自己需要休息，學會偷窺，容許自己嚐點過去的甜。

時間依舊在走，時時刻刻望著已經發生的世界，似乎更有一點希望了。

學會偷窺，容許自己嚐點過去的甜。

過往偷窺

2020.05.27

薰衣草

大片薰衣草盛開眼前，隨陣陣清風稍稍搖擺，捎來些許薰衣草味道，陽光不強，溫暖而宜人，以前聽別人說薰衣草花田多麼美，如今一探並沒有太多驚呼，反倒是在陽光下的我，被紫色芳香勾起過往的迷離。

想起過去那厚重的書包裡、廟裡祈求的學業平安符旁，我放了一個薰衣草香包，那是基測前到府中街的市集買的，紫色的不織布作爲外袋，裡面塡充著乾燥的紫色薰衣草，以細麻繩捆綁成一包，鼓鼓的、軟軟的。它曾在夜裡對我釋出善意，偶爾輕拍、偶爾搓揉，手上淡淡清香，靜謐而沉穩，在我最害怕的時刻裡，給予我擁抱與陪伴。

其實，嘴上說的準備基測，只是我用來逃避的方法。我害怕的不是那些大大小小的考試，與班上同學的往來才是我最大的障礙。我得承認是我的個性使然，讓許多人討厭我，一切都是我造成的，所以由我來承擔。當初的我是這麼告訴自己的。

你會看見一個男孩坐在自己的座位上，翻閱著那些被螢光筆塗塗抹抹的墨水堆；課間空檔也只會在空白筆記本上寫著《我最親愛的》歌詞；走廊上除了你自己，只剩下水龍頭那沒拴緊的滴水聲；午睡時蜷曲成一小團的在悶熱的大中午裡睡著。你說他孤僻，但其實他還好，他只是還沒有做好面對這個世界的準備，所以逃到了征戰基測的懷抱裡，僅此而已。

他不斷提醒著，就算想哭也要收起來，那些情緒是不被允許的，他反覆在確認著自己有沒有改進、有沒有進步，像是把自己綑綁起來，努力變成別人喜歡的模樣，當無法忍受時，就用力抓住香包，讓薰衣草香好好照顧自己，期待給自己一點希望。

老實說，這真的困擾了他許久。

這樣有比較好嗎？來回檢討自己的不是，真的會好起來嗎？剩下的生活都要這麼度過嗎？他沒有答案，所以就把思緒放進基測的準備期裡，突然他發現世界慢慢亮了起來，儘管準備考試也費盡心思，卻是那麼愉快的事情，就像薰衣草一般，撫慰了當下的一切，至少當時的他是這麼相信的。

畫面裡的薰衣草開始擺動，風好像稍微強了些，但仍是舒服沁心的。薰衣草最真實的模樣與別人口中所說的，好像有那麼一點不同，他們好像不是美，那只是我們強加上的定義，或許他們也煩惱自己的模樣，是不是我們所期許的樣子。

長大後回想起那些煩惱，那是會有解答的嗎？

我現在沒有，也不曉得。交給下一個煩惱去窺探吧。

或許他們也煩惱自己的模樣，是不是我們所期許的樣子。

薰衣草
2019.08.30

再讓我多談談關於北海道的事情。

那天美瑛的天氣微陰，但未及下雨程度，涼風吹來甚是舒服。開著車穿梭在美瑛裡，四處皆是大片丘陵地，一座越過一座，交錯展開。路不寬，剛好是能會車的距離，我們就這樣隱藏在山群裡，偶爾停下眺望遠方。

沿途小麥隨風搖曳，路邊幾棵穩固不動的大樹顯得突兀，但倒不是非常奇怪的畫面，美瑛就像台南的鄉間小路，丘陵地上的農田、牧草、曳引機，如同柳營、林鳳營等那樣讓我感到熟悉。

只有我們一輛車，與一片棲息地。

※

左晃右晃，車開進了日出公園的停車場。

美瑛著名的景點，但通常只有當地居民、自由行並且自駕的旅客才會停泊。我們沿著步道向上爬行，想一窺日落的模樣。雖然是日出公園，但我們是來看日落的，感覺上來說是件奇妙的事。這座公園大概是位在北海道的正中央，往東可見日出、往西可見日落，是許多露營愛好者的首選之地。

步道雖有建設處理，但從斑駁的程度，能看得出這大概是久遠以前的事情（事後才知道，我們沒有走另一邊新鋪設的柏油道路）。我邊走，一邊閃避那高度足以讓我撞上的樹枝，並一邊驚呼好險。

不過，向上攀爬與觀看日落，不斷的在我的腦海裡打轉，並一邊思考我的價值觀與態度，讓我想起：我想要長大。這些年來我自覺我長大了不少，無論是談吐、思考、觀看事情的面相、或者同理，可是總覺得不夠。

有時候把長大認定成一種能力的掌控，唯有長大才能做什麼事、唯有長大才能對這些事情具有控制的權利，但真要說起來，我們根本不知道要怎麼長大。

「啊！到了！終於。」

前方山坡地上種滿了花，白、紅、黃、橘、綠、紫，零星幾人在花叢之間留影，一切看起來都那麼舒適。天氣雖陰，仍能見到陽光露面的時候，此刻太陽就掛在正前方四十五度角，正好照著坡地上的花草，與我們。

我只知道日出公園，以名字聽上來只是個看日出的地方，卻沒想到日落也是如此美麗。彷彿在成長的過程中，一味追求著成熟，奮不顧身的遺忘那些應該要被注意、被珍惜的存在，不想去探究會讓自己受傷的區塊，害怕因此長不大，結果反而因此失去了欣賞的機會。

日落只是另一種角度的成長，宣告夜晚即將來臨，宣告長大這件事情需要一點能耐。當光亮都慢慢暗了下來，準備到來的事黑灰白無色彩的世界，追逐太陽並不能解決害怕，必須在漆黑裡找到歸屬，又或許會發現漆黑不可怕，只有自己清楚。

未知的地方總需要探索，勇敢向前似乎會讓自己亮起來，日出公園也有日落之時，既然長大是件困難的事情，那何不放手一搏？也許我們只在乎日出後的事情，但日落後也許更美、更值得追尋？

陽光正與我對上了眼，在相機裡出現了些光圈，嚮往的長大被提醒著，仍有一段路要走，只是剛好日落而已。

※

安靜的美瑛，總會在不經意間，偷偷在你耳邊細語，這個世界永遠都不會是自己想像的那個模樣，我也不會是我自己所想的樣貌，唯有如此，才會更勇敢、更加美麗，不是嗎？

嚮往的長大被提醒著，
仍有一段路要走，
只是剛好日落而已。

日落
2019.09.02

海明明就離我很遠，遠到快忘記海的模樣，卻仍舊喜歡海的味道。

※

上大學前第一次踏上安平的沙灘，騎著車奔馳、頂著頭上烈日，在安平的巷弄穿梭，直到抵達觀夕平台。平日觀夕平台的人還不算多，沙灘一眼望去，居多是高中畢業生利用畢業假期到處嬉戲遊玩、鬧成一團，不然就是幾對情侶走走晃晃，一切都那麼自然、那麼真實。

大家到海邊最常做的事情，莫過於隨性拾起枯枝，在濕軟的沙地上即興創作，只要有人的地方，大抵都會出現一些標語或者玩笑話的文字或插圖：畫個三角形當作屋頂，一條線切下來左右分開，兩邊各寫上一個名字，他們就像是自動配對一般被湊合在一塊。要說幼稚是幼稚、要說青春也很青春，一行人笑聲不斷，海浪向前拍打又後退，聽著像是在附和，反正都會被沖淡的、反正都會消失的。

我凝視著海，無止境的邊界看起來十分有限，他好遠、好遠，也好近、好近。素未謀面的觀夕平台，跟我腦中原先想像的有點不同，多了一點冷漠與寂寞，雖然我一開始模擬的只有沙灘與海；初來乍到的我總是陌生而不安，我害怕無法設想的一切，過於突然、過於未知、也過於恐懼，我可能還需要一點時間適應新的環境、眺望新的眼界，儘管他看起來只是平凡的海與沙灘。

我想要將人聲過濾，只讓海浪聲在耳邊打轉，他們不曾停歇，我也不曾放下自己。

我曾經覺得海是歸宿，至今仍不渝。我們近距離的接觸，腳底踩踏沙地的同時，也放任海水拍打上岸，那一瞬間，我們似乎可以溝通了，他彷彿能聽得懂我說的話，不用任何解釋與翻譯，就算是支離破碎、缺乏組織的言語，也都能順利的被串起，並且牢牢的藏匿在苦鹹的海裡。他是不是因爲存放了大家的秘密，才如此苦澀、如此鹹味好讓人遠離脫水？

海好遠，他把自己放得好遠，有時候我努力尋找卻撲了空，想找一個對他開口說話的空隙，只能不時等待，再不時焦躁起來。我兀自對自己碎念、發牢騷，甚至是慢慢將自己代入一個無可自拔的迴圈中，我以爲我能被緊緊抱住，卻是被那些偶爾規律、偶爾驕縱的浪花淹沒；海很遠，浪花卻很近，他們輕輕一下，就沉重如雷，什麼都能被帶走，餘音迴盪不止。

沒有關係的，我也快要擁有自己的秘密了，一部份的苦澀會是我的淚水，一部份的鹹會是我失散已久的笑容，踏浪的日子一次就足以讓人沉睡數年，他希望你靜靜安放，放了自己。

變成海之前，運算密度，判斷自己是沉還是浮。有些溝通就這麼消失了，有些連結就這麼硬生生的被切斷，不過這些都不打緊，他們都成爲最有價值的靈魂，被妥善存放，在海的某個深處斑駁。他說時間會帶走一切，他也會幫一點忙。

夕陽慢慢染紅天空、慢慢掉進一個我需要猜測的角落。海面突然變成了好多細小的碎塊，宛若乾燥枯葉後輕碰即碎的斑駁，默默躺進深藍的大海裡，或許哪天我能在岸上撿到自己曾被丟棄的那一塊。

#動人心弦的白開水

外頭海浪又開始調皮了，波瀾一波未平、一波又起，捲走沙灘上曾經寫了又擦、擦了又寫的玩笑，彌平我們所留下的痕跡、眷戀的味道，徒留滿地碎石枝椏，在海水裡發芽。

或許哪天能在岸上，
撿到自己曾被丟棄的那一塊。

斑駁的海
2020.05.29

安慰彼此別再悲傷

以前聽過有人把陪伴比擬作星星：星星微弱的閃爍，在遠方靜靜的發光，成爲一點溫柔的陪伴，待在自己身旁。他穿越數幾光年來到眼前，只爲了與自己見一面，聽起來浪漫十分，卻也些微感傷。

不過，陪伴到底是什麼？

曾經我覺得陪伴只是一件空洞而虛無的事，我無法眞正意識到他們的存在，也無法體會到陪伴是不是眞的如同他人所述說如此有效。我一直認爲自己不是一個表達能力很好的人，所以有些話根本說不出口，何來他人理解、陪伴之說呢？最多也只是與我一起度過這段日子罷了。

說得越多，我就越不能理解。當過去很要好的朋友跟我說謝謝我的陪伴時，我也只是下意識的微笑與點頭，彷彿自己很懂什麼是陪伴、我付出了什麼樣的陪伴，但事實上我一點概念也沒有，也不曾覺得自己身邊有人陪伴著。我也只是自顧自的生活著。

在我反覆過著差不多的日子時，總會想起星星之說，再想想自己孤獨一人躺在時間的滾輪裡翻動，就越覺得星星之說只是一個傳說，反而無法有力的說服我。也是，本來這些也都只是一種聯想，何來眞人眞事的討論呢？

我開了陽台的門，向天空探了探，本想碰碰運氣，看能不能找到一點星星，讓他們排列成圖形，卻只見月亮又圓又亮高掛天上，就想起之前有一些訊息是跟月亮有關，例如：超級月亮、月亮離地球最近的時刻、滿月大潮、我們只看得到月亮的一面等等。雖然每個月都會出現，但他總是若影若現，願意給出他的全部，卻又消失在黑夜裡，如此眞實又神秘、如此反覆循環。

也不知道何時開始，當我有機會看見他，便會下意識的在心裡許一個願望，靈驗與否都不是我所追求的，只是想要有個寄託。既然每個月都會穩定出現一次，那它一定能理解我每個願望都承載著一點光芒，試圖在最漆黑的夜晚發光。

※

漸漸的我忙碌了起來，在繁雜的日子裡，我早就把月亮忘得一乾二淨，要不是在工作的場合處理事情、就是窩在家裡盯著電腦螢幕對著鍵盤敲敲打打，日夜反覆。

直到L打電話來，才中斷這看似打不破的循環。

談到L，背景總需要放一些輕快而瘋癲的音樂，我們眞的太適合在這樣的情境下聊天說話。旋律裡頭，我聽得出他的憂傷與難過，只是他常常用最直接簡單的方式說出，隱匿在抱怨的語句裡頭。我也只是默默的聽著，像是音樂不曾存在，而我自己也是。

電話那端是L，一個一起笑、一起哭的知心好友。最近遇到的事情、所有的心思通通在一夕之間傾瀉而出，毫無預警的在電話線裡頭流竄、潰堤，止不住的情緒從聽筒蔓延而出，一點一滴都觸及內心深處。

突然間我有種很強烈的寂寞感，想起自己曾渴望的陪伴好像就是這樣吧！在一個不需要面對面的夜晚，向內心底部探勘，竭盡全力的挖出自己最眞實的模樣，赤裸於陪伴者面前；突然很強烈的希望，L也能聽聽我的聲音，一下下就好，我也心滿意足。也不知道事態是怎樣發展的，電話線中我們的聲音開始交流，在一片漆黑之中奔馳，交織於無形，卻淚流不止。

電話那端是L，他的聲音聽起來極爲細膩，又帶點粗糙，在裝作無所謂的光滑表面下，更加清晰。聽說深夜總是特別寧靜，所有的感官都會被放大，月亮也許看起來更大了一點、所有的情緒都更細緻了些，我輕輕呼吸的氣息，也在月光中顯得穩定許多。全都如夢似幻、也全都眞實如常。

電話那端是L，他讓音樂依舊播放著，怪誕又荒唐的我們總能在奇怪的狀態下說出彼此的眞心話，其實也不是什麼壞事，對吧？後來我們變得越來越喜歡向對方說出溫暖的話語，「我知道你一直都在」「我知道你懂的」「不說也無妨，知道我是愛你的」聽起來十分肉麻，但其中我們都知道什麼叫做彼此存在，一直以來都不懂得何謂陪伴，倏忽間豁然開朗。

陪伴好像不需要是安靜無聲的、陪伴也不一定要是大哭大笑。

有一些話，我們就埋藏在心底，不用說，也會知道對方懂；有些事情，儘管是苦難當前，仍舊知道對方會在遠處陪著自己，好像就有一些動力繼續走下去；有一些場景，是當下會想起對方、對方也會在無形中找到自己。

※

月亮持續出沒於空中，無論陰晴、無論圓缺，都時時刻刻存在著。比起星星，我更喜歡月亮，他只有一個，說起來孤單，卻是偌大的存在。

我想起那些向月亮許願的日子：如果安慰是潮汐，那麼那些名爲堅強的陪伴，都可能是月球在孤單中僅存的凝視。月球只有一個，眼淚漲退反覆，如果我能成爲你的月亮，請你爲了我曾有過的傷，流一些沒有人會發覺的淚光。

如果我能成為你的月亮，
請你為我曾有過的傷，
流一些沒有人會發覺的淚光。

安慰彼此別再悲傷
2020.05.29

舊唱片

傍晚約莫六點，巷子裡的二手唱片行招牌微微閃爍，看得清楚燈箱裡的燈管正邁向年老，兩側黃得發黑，顯得唱片行更加孤獨。我推開會發出「倚歪」聲的鋁門，上頭的鈴鐺清脆響亮，櫃檯裡坐著目測歲數應該有六十的老闆抬頭瞥了我一眼，只隨口呢喃了一句：「隨便看看」，就繼續拿著布擦著唱片盒。

現在網路訂書、訂唱片都很方便，當商品終於隨著物流迢迢千里來到面前，總希望拿到的商品完好無缺，若看出一點缺陷，還得趕緊拿著貨單寄回公司換貨退款；二手卻正好相反，因爲有年紀、因爲曾有過主人，才有著那些泛黃也好、皺摺也罷的痕跡，有些甚至是裂開了的塑膠殼盒，上面用塑膠透明套子包起來，免得被刮傷。它們可能是傷痕、也可能是一點回憶，證明擁有過一段、或好幾段的歷史。

逛二手唱片行有莫大的樂趣，它的有趣在於可以找到許多驚喜，對於過去從來沒見過、早已絕版的唱片能有所認識，能從中發現新大陸，或者找到一直以來渴望卻買不到的專輯，甚至能看著藝人的照片，做一系列的今昔對比（這是附加的有趣點）。不過最吸引我的，是從中體會出年代的記憶脈絡，不是只有歌曲本身，還有我自己過去的所有，期待給自己一點機會回頭看看。

※

某日在家整理專輯唱片，翻出許多先前爸媽買的舊唱片（現在 2020 年看來都是舊唱片，對吧？），都這麼堆放在架上，佈滿了一層厚厚的灰，時間沖黃了它的外表，染上褐色的氣息，拚命想要留在過去，卻抵擋不住未來的衝擊。

小時候也喜歡自己拎著收音機，放著家裡存放的唱片，一首一首的聽，聽完整張專輯才會幫他們評分喜愛程度，接著再換下一片。原版光碟上印刷的圖案都非常吸引我，有時候會只單純因爲圖案好看、引人心動就把分數評得高一點，非常主觀且私心。

只是後來 mp3 等數位音樂逐漸蓬勃，爸媽也不太買唱片專輯，漸漸聽膩了那些僅有的光碟片，便慢慢的忘卻唱片這回事。我在家的時間也變得少之又少，又加上智慧型手機遍及市場，無數串流平台提供選擇，對大多數人而言，唱片大概只剩下收藏的用途了吧！

時光流轉，長大這回事眞實確切的擺在眼前，無處可躲。唱片也算是受到了時間的波及，走向下坡；這些年裡，我努力追隨一些目標、也放棄一些機會，我們都在時間軸裡跳動，走向一個茫然而迷惘的狀態。我們好像都需要再找一個歸屬、一個標的。

我把以前最喜歡的那張，孫燕姿的《Start 自選集》拿出來重新播放，塑膠殼盒早就裂開，只差一點就成爲破碎的兩半。第一首〈Hey Jude〉聲音一出，眼淚情不自禁的掉落。小時候才不會聽懂歌詞唱的是什麼，只喜歡中後段的「那那那——」，想到以前抱著收音機在家裡大聲唱著的自己，怎麼會如此快樂呢？爲什麼現在會是這副德性？

※

年代感可以附著在每個作品上，無論是書籍、圖片、唱片或者電影等等，他們從來都不會因爲時間的推演，而有所改變，它們的存在就是永恆，儘管時而跳針、時而斷片，都成爲歷史脈絡的記憶。

不過也說來奇怪，它們不會被丟棄，就永遠留藏在家中的角落裡，偶爾會望見，但也不會特別去打開來，放一片來聽。它們宛如融入了我們家的節奏裡，不會被遺忘的聲音，也是透明聽不見的旋律。聽著許多人用音樂說著自己的生命故事，我是不是也能如此證明我正想念著過去的自己？

我在店裡窄小的走道上蹲下，按照分類指示尋找著我期待出現的那張專輯，依稀記得是陳珊妮《乘噴射機離去》，期望這張專輯能幫我收藏一點青春時期的片段記憶。在我還沒找到之前，就看見了很多以前聽過的專輯，它們都存在這個世界上，保留著我身上的一點點細胞，任由它們隨著音樂發酵。

過去的音樂聽來像是過時的象徵，但也能想起一點過去的模樣，時間越往前推，越覺得自己在倒轉。這些音樂都並沒有過氣，只是一個時代的象徵，就如此停留，妥善的封存了一段記憶，等待下次打開塑膠盒時，再次會被喚起；又或許可以這麼說，迷惘的路途中是不是就應該反覆循環這些歌曲，才能喚起最初的自己，讓最眞誠的靈魂在時代的交替中堅強的活著。

「啊！在這邊！」內心一陣雀躍的驚呼。從櫃子中抽出我想要的專輯，塑膠包裝緊緊包裹著專輯，看起來八成新，沒有遭受任何破壞，但是可以知道它裡頭埋藏著時間的影子，微微泛黃的透明殼盒承載著時代的氣味，可能是前一個擁有者的煙味、可能是雨水潮濕的誤導、可能也是傷心過後一遍又一遍的眼淚覆蓋。他們有的，冥冥之中我也有了。

我付了錢，心滿意足的走出店門口，我好像有一點力氣再活下去，雖然我只是逛了一下二手唱片行、雖然我只是買了一張二手唱片、雖然我並沒有很認眞的回想過去，但所有回憶都歷歷在目。

※

年代感放到現在顯得突兀，卻無法自拔。

還在問自己當初爲何會如此快樂；還在問自己現在是什麼模樣；還在想自己未來該怎麼辦。收音機的轉盤上依舊放著孫燕姿，換一首歌了，也換來一段小小的過去。世界雖然不一樣了，時間也不一樣了，但是不是都還是沒變呢？

我還是我、他們還是他們，一切彷彿是註定的，沒有什麼不同。

天色已暗，日夜持續循環，沒有要停下來的意思。地球也持續旋轉。

「那——那、那、那那那——」

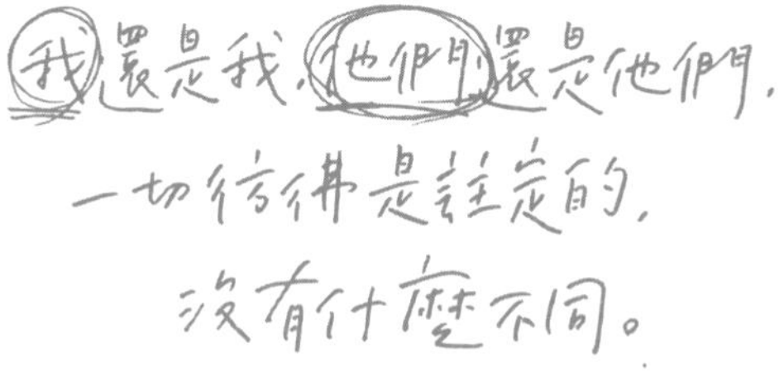
我還是我，他們還是他們，
一切彷彿是註定的，
沒有什麼不同。

舊唱片

2020.05.30

「逼波——逼波——逼波——」日本街頭充斥著紅綠燈的提示聲，提醒穿越馬路的行人已經綠燈。還記得第一次踏上日本的人行磚道，就被這可愛的聲音吸引，讓我駐足原地欣賞這台灣鮮少擁有的風景（從日本回國才在台灣聽過）。

所有走動的人都視之如常。也對，這本來就是日本的習性，只要是人數出入眾多的地區都有這樣的設置，生活久了也早已不足爲奇了吧！但對我來說是一個新的體驗，從未見過的場景在眼前發生，十分有趣。

我喜歡隱藏在城市的角落裡觀察著此時此刻的動靜，每個時刻都盡收眼底：那些微微閃爍的路燈、投飲料販賣機的中學生、還有就算汗流浹背仍西裝筆挺的上班族等等，都在街道上組成一幅再正常不過的風景；特別喜歡在等待綠燈的時刻，注意每個人的行爲舉動，使用手機聯絡著公事的高階主管、踩著高跟鞋的媽媽牽著剛放學的小孩、年輕背包課在路口不斷查著資訊、看著地圖，都在紅燈一秒一秒減少的時間區段裡生存；喜歡一個人慢慢的在街上隨意晃動，感受所有事物同時發生的瞬間，細膩而平凡。

每次體會這樣的光景，無論是在台灣、還是日本，都覺得特別幸福，或許是知道這個世界都還能正常運作，每個人都擁有各自的生活、每個人都曉得自己的價值、每個人都明白今天太陽會下山，明天月亮會出來的規律週期，雖然他們平淡無奇，卻總是充滿活著的動力。

「逼波——逼波——逼波——」日本街頭充斥著紅綠燈的提示聲，提醒穿越馬路的行人已經綠燈。我奮力跨了大步向前，只踩在斑馬線白色的部分上頭，如此大步伐才能跟上日本的節奏。

其實台灣幾個路口早已裝上這樣的紅綠燈音樂提示聲，雖然只有少少的幾個，卻總能喚起我在日本的記憶，鼻息之間像是來到了日本的街道巷口一般，那麼真實、歷歷在目。

我不時都在貪戀許多自己不常見到的事物，像是這樣子的紅綠燈裝置，在日本遍地都是，在台灣卻是如此稀少、奇特，但也不是說一定要與日本相同，只是會剛好想起兩者的差異，腦海裡不自覺聲音響起，就想要再親耳聽見一次。

光是如此就讓我發覺那些在日本人生活裡是如此平凡的紅綠燈，在台灣卻是如此稀奇；一點都不足為奇的日子，被遠處的人們想念著、羨慕著；我們視為普通的日常生活，會不會是他人不斷爭取卻仍舊得不到的呢？我們每日每夜都呼吸的空氣，是不是身在他處的人們也曾羨慕？雖然我都告訴自己不必羨慕別人，自己就是最特別的，但總有自己嚮往的理想。某天偶然發現，那樣的理想在他人的世界裡是如此正常平凡時，自己怎會不感傷、自己怎會不稱羨呢？

想過要努力為心之所向奮鬥，換來的可能是徒勞、是滿溢的惡意，也可能是無法孤身奮戰的巨大壓力，更恐懼的可能會傷及生命。只好開始提醒著彼此要珍惜現在自己僅存的、要堅持自己曾相信的信念，也開始負面的認為這個世界可能不會再好起來了，希望不要有人羨慕自己，也發現自己一開始所擁有的，都是最美好而珍貴的。

※

「逼波——逼波——逼波——」日本街頭充斥著紅綠燈的提示聲，提醒穿越馬路的行人已經綠燈。

所謂的稀鬆平常也都顯得不平凡。

所謂的〈稀鬆平常〉也都顯得不平凡。

稀鬆平常
2020.05.31

慣性相遇

在台北的日子，總是無法做的一件事情，就是在書櫃間翻找以前曾看過、非常喜愛的章節內容與片刻。儘管逛了書店、買了書，塡滿了租屋處房東隨房間附的書櫃，還是無法回到在家裡的模樣。我太習慣窩在書櫃旁，伸出手指，由上而下、由左而右，眼神迅速掃過所有書名，挑出當下自己最有感的一本書，再次翻閱、再次溫習。

想起小時候的我，根本不愛看書，雖然現在依舊如此，卻總是慣性找書。書於我而言，是一個心靈的寄託，也是我能藏匿秘密的地方，把三千煩惱一股腦的往裡頭倒，可能藏身在書中某個章節的名字中，亦可能融入了某個故事的情節裡，他們總是充滿靈魂、充滿安全與想像。大概沒有人會對書有如此特別的使用方式吧！如果有，那很高興我們是世界小角落裡的知音。

雖然我不是很喜歡看書，就算看了，也覺得我只有吸收其中的百分之六十，其餘的百分之四十都裝滿了自己的遐想與生命故事。書櫃裡每本書都承載著一小部分的自己，只有我自己知道的那些靈魂被安放在哪裡。

書隨著年紀擺盪著，從便利商店那小小本的恐怖小說（現在應該是找不到了）、青春時期迷戀的言情小說、奇幻故事，到現在是某某作家的隨筆、新詩、散文集，年齡似乎會讓文字沉澱自己、讓自己的作息緩慢下來，改變了看世界的角度，慢慢聚焦視線，開始學會把自己藏進幾個字詞裡頭，越短的詞、越深的故事、越不會被發現。

我太習慣將自己的身體縮成一團，倚靠著書櫃的邊緣，手上隨性翻閱著方才挑選的書，一次讀一篇文字就好，讓大腦聽一點點即心滿意足。

來到台北之後，我慣性的去尋找熟悉的感覺，卻摸索不到。潮濕的台北慣性把書變得柔軟，本來硬挺的書也顯得些微無奈，它們的心情大概就是天氣的變化，乾燥而有神的態度消失無蹤，漸漸離開了原本我所習慣的樣貌。我無法在同一本書裡頭看見以前的自己，或許那些秘密早已被濕氣浸潤，瀰漫於空氣中。

或許在某個時刻，我就像是書一般，隨著地點時間的改變，早就不同於以往了。我抓不到一個精確的時間點，就如同在長大的過程中意識到，每一個明天都會不一樣，但我卻不曉得什麼時候發現的，我甚至覺得世界很糟，但我慣性活著。

在我認知到所有狀態都不一樣時，我也沒有太多的想法，只想要努力維持現階段的模樣，到寺廟拜拜許的願望也都一樣是「一切如常」。繼續在生活裡維持慣性，我依舊慣性找書、慣性討厭閱讀、慣性在文字間躲藏、慣性呼吸、慣性發現自己與過往不同。

這個世界什麼不會變？每一秒都與上一秒不同；人也是會變的，無論是變得比現在更好，或者極端一點，變得更壞、更糟。而唯一例外的，是永遠都會在未來遇見自己。慣性相遇。

這個世界什麼不會變？什麼不會變？

每一秒都與上一秒不同；

而唯一例外的，是永遠都會在未來遇見自己。

慣性相遇。

慣性相遇
2020.05.31

後記

〈我們習慣猜測裂痕另外一邊的狀況〉

先容許我花些時間，感謝願意為這本書付出時光與汗水的出版社人員、身邊的親朋好友，感謝他們伴隨我走過這些日子，也感謝他們讓這本書能在這個世界的每個角落裡呼吸著：

感謝編輯包容我的偏執、堅持，容忍我拖稿，容忍我在各種情況下的問題發言，整本書差一點被我弄得像實驗品（笑）；感謝編輯很用心的與我溝通，在訊息之間傳遞真心；也很感謝編輯願意相信我，在我最看不見希望的時候給我鼓勵，雖然可能只是非常簡單的一句話，卻能給我繼續寫下去的動力。

感謝設計師梵眞願意在第一時間答應我的請求，接下這個難搞的案子（其實是我難搞），三番兩次討論著關於這本書的概念，讓這本書擁有它最眞實的模樣。

感謝願意理解、傾聽我的幾位朋友（柏森、牧牧、迷你優優……），願意聽著我碎念寫稿的煩惱、陪著我討論那些奇形怪狀的文字、讀著我那邏輯破碎又無法修改的頑固價值觀。

最後，感謝史上最強硬的寫稿監察員C，在截稿前不斷催促我去寫稿，逼著我把懶惰鬼模式切換到果汁機模式，把我關進白色的小空間裡，放任我一個人在空白文件檔上咆哮，用盡全力也要把腦袋裡僅剩不多的思緒榨出來。現在想想，沒有你就沒有這本書的結尾。

※

「我們習慣猜測裂痕另外一邊的狀況。」——〈天氣預報〉。

我自己從來沒有想到會在這樣的時間點上出書，無論是與大家共處的年份、或者是我自己的年紀，都是我未曾意料的。我也總是感受到自己跟不上時代的步伐，我應當在某個階段完成的任務通常都會被我帶到下一個階段才真正成熟，而該階段未意料的事情一直在發生，永遠都在追逐時間與落後中成長。

我鮮少去設想未來的模樣，也怯於打理未來，未知對我來說就好比地獄：很常聽見許多人對於地獄感到畏懼，因爲它是未知的世界、因爲它可能在地底又深又黑的地方、因爲一切關於它的故事都是痛苦的、因爲我們聽聞地獄的可怕、因爲可能曾經收到「做什麼什麼就會下地獄」的詛咒。在時間線上汲汲營營的只爲了猜測下一步該怎麼做，猜對了可以高興一下，但仍舊是僥倖，猜錯了只能摸摸鼻子，再怎麼痛苦只能自己站起來再活一遍。

所以我很少去設想未來的模樣。稿件也是在眞正確定要簽約才開始整理，花了一些時間，在過去的檔案裡翻找記憶，它們宛如是我靈魂的碎片，東拼西湊像是能在書裡面找到一個我。我每讀一遍內心會浮現「怎麼這麼厭世」的聲音，或者「我當時到底多悲傷？」的感慨。

這幾年過得好不好，其實我自己也不是很清楚，大概只覺得最近的一年是最讓我自己失望、絕望的一年。當然也不能說前幾年都是正向積極的，儘管我常用生活充實與荒唐來形容自己所經歷的時間軸。

我總覺得我的天空未來某一天一定會裂開，裂開的另外一邊是什麼樣子？

我常說寫的稿子都是我記憶中地獄的樣子。有些話以前說過、有些以前不敢說、有些則是想要透過書的方式說出口，都好，我只是想把曾經都寫出來，或許會讓我繼續陷在無可自拔的無底洞裡，也或許在陽光下曝曬過後，能成爲願意活下去的養分。

地獄說起來像是從前發生的種種，也是我對未知不可測的代稱，每一刻迎接未來，也將變成過去，彷彿人生從頭到尾都是地獄，沒有誰眞正離開過，也沒有誰眞正知道地獄的相對面是什麼。不過，我們習慣猜測裂痕另外一邊的狀況，希望一切都好、希望在那個時刻自己不會過於失望。

要對未來有點遐想、要對未來有點期待，這是我正在練習的事情：我想像這本書出版的實體樣貌；我想像有誰會看見這本書；我想像我會不會因爲這本書出版後生活就有那麼一點點改變；我想像我讀這本書的模樣。

我們習慣猜測裂痕另外一邊的狀況。忙碌書稿快一年的區間裡，無數次的在自暴自棄與用力寫稿間掙扎，覺得自己不具備足夠的自信，也懷疑自己拿不拿得出像樣的文字，讓它們在問世時能好好生存，種種的自我質疑從未獲得解答。

天空什麼時候會裂開？

我沒有明確的答案。裂痕可能是我與過去的自己終於願意和解的切割線，也可能是提醒著我該走往下一個階段生活的換日線。這麼說起來，過去與未來好像有那麼一點不同了，對吧？

知日謙
2020.06.15

國家圖書館出版品預行編目資料

一起把那些堪稱地獄的日子撐下去，好嗎？／知日謙著
一初版一台北市：春光出版；家庭傳媒城邦分公司發行；2020.09（民109.09）
面； 公分 一（心理勵志：133）
ISBN 978-986-5543-03-7（平裝）

863.55 109008662

心理勵志 133

一起把那些堪稱地獄的日子撐下去，好嗎？

作　　者／知日謙
企劃選書人／張世國
責 任 編 輯／張世國

發　行　人／何飛鵬
副 總 編 輯／王雪莉
行銷業務經理／李振東
行 銷 企 劃／陳姿億
資深版權專員／許儀盈
版權行政暨數位業務專員／陳玉鈴
法 律 顧 問／元禾法律事務所　王子文律師
出　　版／春光出版
台北市104中山區民生東路二段 141 號 8 樓
電話：(02) 2500-7008　傳眞：(02) 2502-7676
部落格：http://stareast.pixnet.net/blog E-mail：stareast_service@cite.com.tw
發　　行／英屬蓋曼群島商家庭傳媒股份有限公司城邦分公司
台北市中山區民生東路二段 141 號11 樓
書虫客服服務專線：(02) 2500-7718 / (02) 2500-7719
24小時傳眞服務：(02) 2500-1990 / (02) 2500-1991
服務時間：週一至週五上午9:30～12:00，下午13:30～17:00
郵撥帳號：19863813　戶名：書虫股份有限公司
讀者服務信箱E-mail: service@readingclub.com.tw
歡迎光臨城邦讀書花園　網址：www.cite.com.tw
香港發行所／城邦（香港）出版集團有限公司
香港灣仔駱克道 193 號東超商業中心 1 樓
電話：(852) 2508-6231　傳眞：(852) 2578-9337
E-mail : hkcite@biznetvigator.com
馬新發行所／城邦（馬新）出版集團　Cite(M)Sdn. Bhd
41, Jalan Radin Anum, Bandar Baru Sri Petaling,
57000 Kuala Lumpur, Malaysia.
Tel: (603) 90578822 Fax:(603) 90576622　E-mail:cite@cite.com.my

封面內頁版型設計／湯湯水水工作室・黃梵真・何勝清
印　　刷／高典印刷有限公司

■ 2020 年（民 109）9 月 1 日初版一刷

Printed in Taiwan

售價／380元

城邦讀書花園
www.cite.com.tw

ISBN 978-986-5543-03-7

廣	告	回	函
北區郵政管理登記證			
台北廣字第000791號			
郵資已付，免貼郵票			

104台北市民生東路二段141號11樓

英屬蓋曼群島商家庭傳媒股份有限公司
城邦分公司

請沿虛線對折，謝謝！

愛情・生活・心靈
閱讀春光，生命從此神采飛揚

春光出版

書號： OK0133	書名：一起把那些堪稱地獄的日子撐下去，好嗎？

請於此處用膠水黏貼

讀者回函卡

謝謝您購買我們出版的書籍！請費心填寫此回函卡，我們將不定期寄上城邦集團最新的出版訊息。

姓名：______________________________

性別：□男　□女

生日：西元__________年__________月__________日

地址：______________________________

聯絡電話：______________ 傳真：______________

E-mail：______________________________

職業：□1.學生 □2.軍公教 □3.服務 □4.金融 □5.製造 □6.資訊

□7.傳播 □8.自由業 □9.農漁牧 □10.家管 □11.退休

□12.其他 ______________________________

您從何種方式得知本書消息？

□1.書店 □2.網路 □3.報紙 □4.雜誌 □5.廣播 □6.電視

□7.親友推薦 □8.其他 ______________________________

您通常以何種方式購書？

□1.書店 □2.網路 □3.傳真訂購 □4.郵局劃撥 □5.其他 __________

您喜歡閱讀哪些類別的書籍？

□1.財經商業 □2.自然科學 □3.歷史 □4.法律 □5.文學

□6.休閒旅遊 □7.小說 □8.人物傳記 □9.生活、勵志

□10.其他 ______________________________

請於此處用膠水黏貼